「世界最強虫王決定戦」外伝
戦国虫王

新堂冬樹

光文社

戦国虫王

目次

序章　クヌギの森の城　5

第一章　謀反（むほん）　9

第二章　タガメ藩主　26

第三章　毒蟲（どくむし）と水虫（みずむし）　39

第四章　全面対決　55

第五章　ビッグボース！　72

第七章　ハブムカデ族長　87
第八章　デスストーカー　108
第九章　フミント！　139
第十章　カブト護衛隊　150
第十一章　作戦　181
終章　クヌギの森の城　215

昆虫写真　野澤亘伸

装丁・本文デザイン　泉沢光雄

序章　クヌギの森の城

時は一九六〇年。日ノ本昆虫界はラストサムライの異名で昆虫達に畏怖される、カブト将軍を頂点とするカブト幕府がおさめていた。

樹皮を掴んだら離さない太く逞しい六肢、ハチの針も通さない甲冑さながらの身体、触れた瞬間に敵を撥ね飛ばし、また、貫いてしまう体長の半分を占める頭角…カブト将軍の重厚な身体と圧倒的パワーは、他の昆虫の追随を許さなかった。

だがその栄華を、同じ戦闘種族の甲虫であるクワガタ軍は面白く思っていなかった。クワガタ軍には、人気では劣っても真剣勝負ではカブト軍より勝っているとの自負があった。

「俺らとの勝負付けも済んでねえのに、カブト軍が昆虫界を支配するのは納得できねえ！」

ある日、カブト幕府の「クヌギの森の城」で行われていた藩主会議に、クワガタ藩一の荒くれ虫であり藩主のノコギリクワガタが乗り込んできた。

ほとんどの昆虫藩がカブト幕府入りする中で、クワガタ藩はカブト将軍の呼びかけに応じなかった。単身、乗り込んできたノコギリ藩主と、いまここで雌雄を決しなければ、つけ入る隙ありと見られ、全面戦争に発展する恐れがあった。

「よし、受けて立とう」

クヌギの玉座に座っていたカブト将軍は、昆虫相撲用の直径一メートルの切り株の土俵に仁王立ちになり、鋭い複眼でノコギリ藩主を見据えた。

　体長八十七ミリのカブト将軍と七十七ミリのノコギリ藩主が対峙した。二匹とも、個体平均をそれぞれ十ミリ以上、上回っていた。

「ほう、将軍様のお出ましか？　強がらねえで、樹液を吸うときみてえに、唇舌で俺様の翅（はね）に寄生するダニを舐め取ったら許してやってもいいぜ？」

「お前と言葉遊びをするつもりはない。戦いを受けてやるから、約束しろ。俺が勝てばクワガタ藩はカブト幕府に入り、臣下になることを」

「おう、いいだろう。その代わり、俺様が勝ったらクワガタ幕府っつうことになるぜ」

「万が一にも、俺が負けることはない」

　カブト将軍が六肢の鉤爪（かぎづめ）を切り株の土俵に食い込ませ、日本刀を構えるサムライのように頭角をノコギリ藩主にまっすぐに向けた。ノコギリ藩主は高く上げた大顎を開き、臨戦態勢を取った。

　ノコギリ藩主が勝つには頭角の付け根…カブト将軍の顔を挟めるか挟めないかが重要だ。顔以外の頭角を挟んだ瞬間、カブト将軍の必殺技…電光石火の撥ね飛ばしが決まるからだ。

「クヌギの森の城」の空気がピンと張り詰めた。

　ノコギリ藩主が動いた…ジャンプした。

　宙で大顎を開き、着地すると同時にカブト将軍の頭角の付け根…顔面を挟み込んだ。

「クヌギの森の城」に、藩主達の悲鳴が響き渡った。

「将軍！　大丈夫ですか⁉」

　トノサマバッタ藩主が、太く逞しい後肢（こうし）で地面を蹴りつつ叫んだ。

「将軍様の力は、そんなもんか？　得意の撥ね上げで、俺様を投げ飛ばしてみろや！」

ノコギリ藩主が、大顎でカブト将軍の顔を締め上げた。大顎の先端があと数ミリ奥に入れば、カブト将軍の急所…頭部と胸部の繋ぎ目に食い込み、身動きが取れなくなる。

六肢の鉤爪で土俵を掴み、カブト将軍はじっと耐えた。頭部と胸部の繋ぎ目は頑健なカブト将軍の身体で唯一もろい部位で、大顎の入りかたによっては頭部を切断される恐れもあった。

日ノ本昆虫界で唯一、差しでカブトムシと戦い勝てる可能性のあるクワガタムシを、甘く見ていたわけではなかった。だが、過信していたのかもしれない。日ノ本最強軍団の将が、万に一つも無法虫に負けるはずがないと。

「ビビって動けねえのか？　じっとしてると、馬糞と間違われるぜ！」

カブト将軍は、ノコギリ藩主の挑発を受け流した。挑発に乗ったカブト将軍が撥ね上げようとする瞬間を、ノコギリ藩主は待っているのだ。

頭角を上げれば顔も土俵から浮いてしまい、ノコギリ藩主の大顎がカブト将軍の急所に食い込んでしまう。そうなると撥ね上げの威力が半減し、投げ飛ばすことができない。

カブト将軍は戦略を巡らせた。カブト将軍が形勢逆転するには、頭部を切断される前にノコギリ藩主に戦闘不能の致命傷を与えなければならない。

カブト将軍は石のように動かず、ノコギリ藩主が痺れを切らす瞬間を待った。

「よく見ておけや！　しょんべんちびって動けねえこの馬糞野郎が将軍様の正体だ！」

挑発を続けるノコギリ藩主の大顎の力が、弱まってきた。いわゆる、攻め疲れというやつだ。

ノコギリ藩主の後肢が微かに浮いたのを、カブト将軍は見逃さなかった。

「うぉりゃーっ！」

野太い雄叫（おたけ）びとともにカブト将軍は二本肢（あし）で立ち上がり、勢いをつけて後ろに倒れた。

「出たわ！　クラッシュバスター！」

オオカマキリ藩主が、興奮気味に右の鎌肢（かまあし）を振り上げた。

受け身も取れずにノコギリ藩主は、切り株の土俵に背中から叩きつけられた。頭角の付け根を挟んでいたことが仇（あだ）となり、ノコギリ藩主はカブト将軍の巨体の下敷きになった。

すかさずカブト将軍は身を起こし、仰向けのまま弱々しく六肢を動かすノコギリ藩主の背中に頭角を差し込み撥ね上げた。高々と放り上げられたノコギリ藩主が落下するタイミングに合わせて、カブト将軍が頭角を天に突き上げるように勢いよく後肢で立ち上がった。

グシャリという音とともに、ノコギリ藩主の胴体がカブト将軍の頭角に串刺しになった。

「やりましたわ！　カブト将軍の勝利ですよ！」

トノサマバッタ藩主が、歓喜のジャンプで勝利を祝った。

「皆の虫っ、静まれーっ！」

鬼の形相のカブト将軍の命令に、藩主達の歓声がピタリと止（や）んだ。

「勝利の樹液を舐めるのは、クワガタ藩を壊滅させてからだ！　いざ、『コナラの森の城』へ！」

頭角にノコギリ藩主を串刺しにしたまま、カブト将軍が切り株の土俵から飛び立った。

どこに潜んでいたのか、そこここのクヌギの木から数千匹のカブトムシが重厚な羽音を立てながらカブト将軍に続いた。

各藩主達も、カブト軍とともにクワガタ藩の領地…「コナラの森の城」に向かった。

時は一九九〇年に入っていた。

ノコギリクワガタ藩主の下克上を力で退けたカブト将軍はそのままの勢いで、幕府軍総攻撃を仕掛けた。歴史に残る天下分け目の「コナラの森の城の戦い」は、幕府軍の圧勝で三十分もかからずクワガタ軍は完全制圧された。

短時間で勝敗が決した一番の理由は、ノコギリ藩主のスタンドプレイにあった。下克上は臣下には知らされておらず、クワガタ軍にとってはまったく油断していたところに奇襲をかけられた形になったのだ。もう一つの理由は、カブト将軍が頭角の先に突き刺していたノコギリ藩主の晒し頭部だった。大将の生頭部を複眼にしたクワガタ軍は激しく動揺し、うろたえた。

クワガタ藩は、カブト幕府連合軍の猛攻により全面降伏の憂き目にあった。以降、カブト幕府は盤石の態勢となり、日ノ本昆虫界は三十年以上に亘り戦のない太平の世となった。

☆

「次は、明日の年貢についてだが、樹液はどのくらい集まったんだ?」

「コナラの森の城」のひと際大きな切り株…藩主だけが座ることのできる特等席から、オオクワガタ藩主が年貢担当のコクワガタに訊ねた。

今日は、一週間に一回開かれるクワガタ藩の評定だった。最前列に選抜されたミヤマクワガタ隊が十匹、二列目にヒラタクワガタ隊が十匹、三列目にコクワ隊が十匹、最後列にノコギリ隊から一匹の計三十一匹が参加していた。ノコギリ属は三十年前にクワガタ藩を壊滅の危機に追い込んだA級戦犯として、評定にも隊長一匹の参加しか認められていなかった。

分厚く黒光りした七十六ミリの巨体、太く内側に湾曲した大顎…オオクワが、クワガタ藩がカブト幕府入りしてからの新しい藩主に任命された。クワガタ藩を取り潰さない条件として、カブト幕府入りはもちろん、藩主の指名をカブト将軍に委ねるという屈辱的なものもあった。

ノコギリ属が指名されなかったのは当然だ。が、戦闘力ではノコギリ以上と言われているヒラタではなくオオクワが選ばれたのには理由があった。オオクワは威圧的な見た目とは違い、調和を好む種だ。カブト将軍は、戦闘的なヒラタを藩主にしたらまた謀反の歴史を繰り返すのではないかと憂慮し、平和主義虫のオオクワを新しいリーダーに指名したのだった。

「年貢の件ですが…」

コクワ隊長が言い淀んだ。

「どうした？　言ってみなさい」

「樹液付き樹皮八十片しか用意できていません…」

「幕府に納めるのは百片だ。八十片では、足りないではないか」

「申し訳ありません。去年の樹液場が今年は軒並み枯れてまして…」

コナラはクヌギと違い、毎年同じ樹木が樹液を出すとはかぎらない。故に見当が付けづらく、カブト幕府の領地に生えているクヌギに比べて樹液場を探すのが難しい。

「大将、八十片で勘弁して貰いましょう。カブト将軍は、話のわかる虫ですから」

ミヤマ隊長が、オオクワ藩主に進言した。

オオクワ藩主を上回る七十七ミリの体長、頭部に張り出した冠状の突起、大きく湾曲した大顎、長く発達したサメの歯のような内歯、陽光に輝く金色の産毛が密集したスマートなボディ……ミヤマ属は普段は紳士的だが、樹液やメスを争うときには超戦闘的になる。

「俺も同感だ。クヌギの森を独占しているカブト幕府に、そこまでする必要はない」

ヒラタ隊長が、対等な物言いで意見した。

「カブト幕府に反旗を翻せと言いたいのか？」

オオクワ藩主は、ヒラタ隊長に訊ねた。

クワガタ軍一の戦闘力と言われるヒラタ隊に、オオクワ藩主は一目置いていた。三十年間ノコギリ隊がおとなしくしていたのも、ヒラタ隊が睨みを利かせているからだった。

「そこまでは言ってない。年貢の百片を八十片に減らすくらいいいだろうと言ってるんだ」

「おめえら、相変わらずぬるいこと言ってんじゃねえよ」

ノコギリ隊長がふてぶてしく言いながら、オオクワ藩主の前に歩み出てきた。

「カブト幕府なんぞに、樹液を一滴も渡す必要はねえじゃねえか」

「誰が勝手に発言していいと許した？　席に戻りなさい」

オオクワ藩主が、毅然とした態度で命じた。

三十年間、カブト幕府に任命されたオオクワ藩主に対し、ノコギリ属は、表面上は従っていた。だが、一週間前にノコギリ隊に新隊長が誕生してから、オオクワ藩主は胸部騒ぎに襲われた。水牛の角のように湾曲した大顎の奥の複眼を見るたびに、言い知れぬ不安に駆られた。

「カブトの馬糞侍に操られた大将の命令には、これ以上、従えねえな」

ノコギリ隊長の挑発的発言に、各部隊からどよめきが起こった。

「下がらんか！　藩主様に無礼だろうが！」

特等席を護衛していた三十匹あまりのオオクワ護衛隊が、大顎をノコギリ隊長に向けた。

「下がりなさい。お前、三十年前の『コナラの森の城の戦い』が、当時のノコギリ藩主の独断行動が火種になったという話を忘れたわけではあるまいな？」

オオクワ藩主は、ノコギリ隊長を見据えた。

「だからってあんたは、この先も馬糞侍に媚(こ)び諂(へつら)って、大事な餌を運び続けるのか？」

「ノコギリ藩主の下克上で取り潰しになってもおかしくなかったクワガタ藩が存続できたのは、カブト幕府に承認された藩主のもと、ノコギリ属をコントロールし、毎年百片の樹液を納めるという条件を我がオオクワ属の歴代藩主が守ってきたからではないか！」

「馬糞侍が勝手に決めた条件に従うクワガタ藩は、奴隷と同じだろうが！」

「そのへんにしておけよ。いまは、内輪揉(うちわも)めしてる場合じゃないだろう？」

静観していたミヤマ隊長が立ち上がり、ノコギリ隊長をたしなめた。

「お前も、悔しくねえのか？　クワガタムシのプライドはねえのか⁉」

「大将が言うように、そうなったのはノコギリ属がきっかけだ。棚に上げるな！」

ヒラタ隊長が立ち上がり、ドスの利いた怒声をノコギリ隊長に浴びせた。

「棚になんか上げてねえよ。先祖のくそじじいが馬糞侍をぶっ殺していればよかっただけの話だ。俺はくそじじいと違って、ここもここも遥かに上回っているから、絶対に負けねえ」

ノコギリ隊長が、自らの頭部と大顎に前肢(ぜんし)の爪を続けて当てた。それが大ぼらでないことは、ここにいる全虫が知っていた。七十五ミリでも相当な大きさになるノコギリ属の中で、ノコギリ隊長はクワガタ一の大きさを誇るミヤマ隊長と遜色のない体格をしていた。

「幼虫の喧嘩(けんか)じゃないんだから戦闘力だけじゃ勝てない。カブト幕府はクワガタ軍の四倍は兵隊がいる。いまは、じっと耐える時期……」

ヒラタ隊長の声を、重厚な翅音(はね)が掻き消した。

「ヒラタ殿、数が揃えばいいんだよな？」

ノコギリ隊長が、虫を食ったように言った。

空を旋回する黒い塊(かたまり)から、一匹の影が猛スピードで急下降した……切り株の特等席に降り立った昆虫を見て、「コナラの森の城」にどよめきが沸き起こった。

「クワガタ藩のみなさん、そこの憶病な藩主に見切りをつけてノコギリ隊長とともに倒幕を決意するなら、我が二千匹の兵(つわもの)揃いのハチ藩がお力を貸しましょう！」

六十ミリを超える体長、オレンジと黒の横縞模様のボディ、吊り上がった黒い複眼、鋭く強靭な大顎……オオスズメバチ藩主がオオクワ藩主を前肢で指しつつ、クワガタ藩に宣言した。

「オオスズメ藩主、なぜここに？」

オオクワ藩主は、動揺を押し隠し平静な口調で訊ねた。

「あなたが藩主としてあまりにも腑抜(ふぬ)けだから、ノコギリ隊長に力を貸しにきたんですよ」

「お前っ、誰の前で物を言ってるんだ！」

十数匹のオオクワ護衛隊が躍り出て、あっという間にオオスズメ藩主を取り囲んだ。

「お前、ハチ藩と肢(あし)を組んだのか？」

オオクワ藩主は樹洞に潜り込みたい衝動に抗(あらが)いつつ、平静を装いノコギリ隊長に訊ねた。

「我がハチ藩と肢を組めば、カブト幕府恐るるに足らず、ということをお見せしましょう！」

いきなり、オオスズメ藩主が空高く飛んだ。一瞬のことで、オオクワ護衛隊は見上げることしかできなかった。

「二軍！　攻撃開始！」

オオスズメ藩主の指令に、空で旋回を続けていた黒塊の一部が分離してオオクワ護衛隊に向けて急下降した。

「キイロスズメバチとアシナガバチの連合隊だ！　百匹はいるな」

ヒラタ隊長が前肢組みしながら言った。

「サシじゃ勝負にならないが、あの数を三十数匹で相手にするのはきつい」

ミヤマ隊長がハチの連合隊を複眼で追いながら呟いた。

オオクワ護衛隊が次々とキイロスズメとアシナガを挟み、そこここに分離した胸部と腹部が散らばった。しかし、なかなかハチ隊の数は減らなかった。分離したハチの胴体が増えるほどに、オオクワ護衛隊にも疲弊の色が見えてきた。動きが鈍くなったオオクワ護衛隊の六肢(ろくし)に狙いを定めたハチ連合隊は、ヒットアンドアウェイ戦法で爪を喰いちぎった。切り株を掴めなくなったオオクワ護衛隊は踏ん張りが利かなくなり、大顎に力が入らなくなった。

だが、藩主選抜護衛隊の意地で、死闘から十五分が過ぎた頃、襲撃してきたキイロスズメとアシナガを全滅させた。勝利したとはいえ、オオクワ護衛隊も六肢がボロボロになり、まともに歩くことさえ困難な状態になっていた。

「さすが、藩主の護衛隊なだけはありますね。でも二軍相手に満身創痍になるというのが、オオクワ属の現実です。藩主の座をノコギリ隊長に譲りますか？　私に肉団子にされますか？」

オオスズメ藩主が、空で静止飛びしたままオオクワ藩主を見下すように言った。

「貴様っ…いつまでも私が、お前の暴挙を許すとでも思っているのか？」

言葉とは裏腹に、オオクワ藩主の不安に拍車がかかった。このままでは引くに引けず、オオスズメ隊と戦わなければならなくなる。

「家臣の前でビビった姿を見せたくねえのはわかるが、命あっての虫生だろうが？　平伏して俺様の六肢を舐めるなら、お前がノコギリ属にやってきた仕打ちは水に流してやってもいい」

体液が沸騰するほどの屈辱。これ以上の時間稼ぎはできない。だが、ノコギリ隊長に跪くわけにはいかず、かといってオオスズメ隊と戦って無事でいられる自信はない。

「オオスズメよ。お前もハチ藩の藩主なら、私と差しで戦ってみろ」

オオクワ藩主は、一か八かの賭けに出た。

「構いませんが、大丈夫なのですか？　臣下の前で恥をかかせたくはないのですが」

「図に乗るな。我々戦闘昆虫の恐ろしさを知らぬわけがあるまい」

オオクワ藩主は、腹部を括った。戦うしかないのなら、大群を相手にするより差しのほうが勝機はある。パワーや頑丈さでは、遥かに上回っている自信がオオクワ藩主にはあった。

「さあ、どこからでも…」

余裕を見せつけようとしたオオクワ藩主の右側面を風が通り抜けた…いや、風ではなく、オオスズメ藩主だった。

右後肢に激痛…跗節がなかった。瞬間、オオクワ藩主は自身になにが起こっているのかわからなかった。

複眼にも留まらぬ速さで上空を旋回するオオスズメ藩主の姿が消えた。今度は、左側面を通り過ぎる風…左中肢（ちゅうし）に激痛。また跗節がなくなっていた。

　およそ二メートル上空で浮遊するオオスズメ藩主の大顎にくわえられた黒い肢を複眼にして、ようやくオオクワ藩主は跗節を喰いちぎられていたことを悟った。

「なんなら、ドクターストップにしてやってもいいんだぜ？　このままだと、藩主の座だけじゃなく六肢を失って干乾（ひから）びた犬の糞みてえになるぜ」

　ノコギリ隊長が嘲（あざけ）るように言うと、高笑いした。

「虫の心配より、自分の心配をしたらどうだ？　オオスズメ藩主が倒れたら、お前を守ってくれる盾はいなくなるぞ」

「こりゃ面白い！　二本も跗節を喰いちぎられてるあんたが、どうやって倒すんだよ？」

　ノコギリ隊長が前肢で腹部を抱えて笑った。

　屈辱、焦燥、恐怖、激憤…オオクワ藩主は、腹部の横の気門からゆっくり深呼吸を繰り返し、精神を落ち着かせた。オオクワガタは動きが鈍いイメージを持たれているが、一瞬ならば瞬発力を発揮できる　正面からという条件付きだが、十センチまでおびき寄せればオオスズメ藩主を捕らえることは可能だ。大顎で挟んでしまえば、こっちのものだ。

「オオスズメ藩主よ、ハチ藩の頭として卑怯に逃げ回ってばかりいないで、正面から攻撃できないのか？　まあ、怖いと言うなら無理強いはしないが」

「その言葉、後悔しないでくださいよ」

　言い終わらないうちに、オオスズメ藩主が急下降した。

　そうだ！　そのまま、まっすぐこい！　飛んで火に入る夏の虫になれ！

　オオクワ藩主は、数秒後に真っ二つになるオオスズメ藩主の姿をイメージしながらその瞬間を待った。風を切るオオスズメ藩主の複眼の先で、オオクワ藩主は微動だにしなかった。

オオスズメ藩主はさらに加速し、オオクワ藩主の大顎を擦り抜け胸部に潜り込んだ。

「真っ二つにしてくれる！」

大きく開いた大顎――オオクワ藩主の複眼界からオオスズメ藩主の姿が消えた。

オオスズメ藩主は、オオクワ藩主の前胸腹板…前肢の付け根あたりに頭部から突っ込んだ。

虚を衝かれたことに加え、右後肢の跗節を切断され踏ん張りが利かないオオクワ藩主は、呆気なく裏返しになった。

「胸糞悪いが、新藩主の誕生だな」

ヒラタ隊長が、触角を震わせ吐き捨てた。

「対策を考えないといけないようだね」

ミヤマ隊長が、鋭い複眼でノコギリ隊長を睨みつけた。

オオスズメ藩主は、仰向けでもがくオオクワ藩主の周囲を旋回し、跗節を次々と咬み切った。

「クワガタ藩のみなさん、複眼を凝らしてよく見てください。これが、あなた方を率いていた藩主の末路です」

オオスズメ藩主は、オオクワ藩主の後胸腹板を後肢で踏みつけ仁王立ちすると、ざわめくクワガタ藩の面々に語りかけた。

「ご苦労様。そこまででいいぜ」

ノコギリ隊長が、オオスズメ藩主に歩み寄りながら言った。

「君の指図は受けません。上からの物言いは、気分が悪いからやめてくれませんか？」

オオスズメ藩主の口調は穏やかながら、黒く吊り上がった複眼でノコギリ隊長を睨みつけた。

「プライドの高え奴だな。まあ、いい。いまは呉越同舟だ」

ノコギリ隊長が、右の前肢を差し出した。

「呉越同舟は認めますが、君と友になった覚えはありません」

冷え冷えとした声で言いながら、オオスズメ藩主はオオクワ藩主の上から降りた。

☆

「将軍様！　今日はハエ藩を代表し、滅多に肢に入らないヒトの糞をお持ちしました！」

意気揚々と、キンバエが両前肢に持った焦げ茶色の塊を頭上に掲げた。

「そんな汚物を将軍に献納する馬鹿がいるか！」

体液相を変えたシデムシ藩のクロシデムシ藩主が、巨体を揺すりつつ駆け寄ってきた。

「将軍！　そんなクソバエの糞より、俺がお持ちした物をどうぞ！　クマネズミの屍肉です」

「おめえのほうが汚物じゃねえか！　よくも将軍様の前に持ってこられたな！」

「やめんか！」

カブト将軍は、醜い争いを繰り広げる二匹を叱責した。

「お前達が用意してくれたものは、腐葉土に混ぜて使わせて貰うから仲良くしなさい。ところで、藩主のシオヤアブはなぜこない？」

カブト将軍は、キンバエに訊ねた。

「それが、大事な用があるから代わりに年貢を納めてきてくれと言われまして…」

「大事な用だと？　将軍の俺に年貢を納めるより大事なことがあるというのか？」

キンバエはなにかを隠していると、カブト将軍は確信した。黙って事のやり取りを見ていたオオカマキリ藩主に、カブト将軍は複眼顔で合図した。

オオカマ藩主が、右の鎌肢(かまあし)でいきなりキンバエを捕らえた。

「ちょちょちょ…ちょっと、な、なにをするんだ！　オオカマの姐(ねえ)さん！　ば、幕府内の昆虫を食べちゃいけねえって決まりを忘れたのかい⁉」

鎌肢に挟まれたキンバエが、恐怖にうわずる声音で喚(わめ)き散らした。

「俺が命じたのだ。喰われたくなかったら、言え。シオヤアブ藩主は、なぜこない？」

カブト将軍が、低くドスの利いた声で訊ねた。

「な、なにも隠し事なんか…」

「喰え」

カブト将軍が命じると、オオカマ藩主が三角の顔をキンバエに近づけた。

「ままま、待ってくれ！　言う…言いますから！　ウ、ウチの藩主は、オオスズメ藩主とノコギリ隊長と会うようなことを言ってましたぜ！」

「大変です！」

疾風の如き黒い影…ゴキブリ藩藩主のクロゴキブリが、各藩主の合間を低空飛行し切り株の玉座の前に着地すると、脂ぎった翅を閉じて平伏した。

「ご報告に上がりました！」

圧倒的な数、幅広い情報網、忍びの技術を持つゴキブリ藩の面々に、カブト将軍はクワガタ藩とハチ藩の動向を探らせていた。

「ノコギリ隊長がハチ藩と肢を組み謀反を起こし、クワガタ藩の新しい藩主となりました！

オオクワ藩主がオオスズメ藩主と差しで勝負した結果、六肢の跗節を切断されたそうです」

クロゴキ藩主の報告を受けたカブト将軍の全身の体液が、激憤に煮え立った。

「いま、奴らは『コナラの森の城』か？」

「いいえ、それが…ノコギリ藩主とオオスズメ藩主は…『毒蟲（どくむし）の森』に向かったようです…」

クロゴキ藩主の報告にどよめきが起こり、カブト将軍が絶句した。

☆

薄暗く湿度の高い雑木林を先導するシオヤアブ藩主のあとを、オオスズメ藩主、ノコギリ藩主が続いた。ジメジメとした腐葉土や落ち葉の上には、クモに体液を吸われ干乾びたキリギリスの屍（しかばね）や、ムカデに喰い散らされバラバラになったコオロギの屍が転がっていた。


昆虫ではなくカブト幕府の支配下にないムカデ、クモ、ゲジゲジなどの毒蟲が棲む「毒蟲の森」は、治外法権だった。迷い込んだ昆虫が餌食になっても、カブト将軍が殺虫犯に刑を課すことはなかった。なにより、カブト将軍が警戒しているのは毒蟲軍の王であるハブムカデ族長だ。体長四百ミリに達する巨体のハブムカデ族長は、ネズミ、コウモリさえも餌とする、悪魔のように恐ろしく戦闘力が高い残虐な毒蟲だった。

「それにしても、陰気な森だな。おい、肢もじゃ野郎のところにはまだ着かねえのか？」

ノコギリ藩主が、いらついた声でシオヤアブ藩主に訊ねた。

「あんた、言葉に気をつけたほうがいいぞ。この森の王はハブムカデだ。そこら中に、内通虫の複眼が光っている」

シオヤアブ藩主が、前肢で宙を指した。枝葉に張られた円網の中央に陣取るコガネグモが、ガの体液を吸いつつ八つの単眼で招かれざる昆虫三匹を観察していた。

「昆虫藩が、この森になにをしにきたんだろう？」

落ち葉の下から頭部を抬げたヤスデが、樹皮の隙間に身を潜めたゲジゲジに話しかけた。

「しかも、三匹だけだっち。おい、チャンスだっち。仲間を呼んで喰っちまおうっち」

ゲジゲジが声を弾ませた。

「俺は腐葉土や枯れ葉しか食べないから。それにあの三匹を知らないのか？　昆虫でも獰猛な種族で、真ん中のオオスズメなんてムカデ族と同等の毒を持っていると言われてるんだぞ」

「嘘だっち⁉」

「嘘じゃない。最後を歩いているノコギリクワガタも昔、体長百ミリのトビズムカデと揉めたとき、大顎で真っ二つにしたそうだ。先頭のシオヤアブも、アシダカグモに捕獲されそうになったときに、反撃して鋭い口吻を腹部に突き刺し体液を吸ったそうだ」

「さっきからうるせえぞ！　そこの肢もじゃもじゃ！」

ノコギリ藩主が、二匹に怒声を浴びせた。弾かれたようにヤスデが枯れ葉の下に、ゲジゲジが倒木の下に隠れた。

「毒蟲族っつうのは、肢もじゃばかりじゃねえか」

ノコギリ藩主が嘲笑った。

「あなたに、ひとつだけ忠告しておきます」

歩きながら、オオスズメ藩主が言った。

「昆虫界最強はカブト属とクワガタ属が両巨頭と言われ、掟なしの戦いだとオオスズメが最強かもしれないと虫達は噂します。しかし、別の噂も耳に入ります。虫界という枠まで広げれば、ムカデ属…中でも、体長三百ミリの巨体で猛毒を持つハブムカデ族長が最強だと」

「笑わせんな。肢もじゃの毒牙なんぞ、俺様の硬い身体には通用しねえよ」

ノコギリ藩主が、気門で笑った。

「その通り！　ハブムカデなんぞたいしたことなかばい！」

枯れ葉が舞い上がり、赤い頭部、暗緑色の胴部、黄色い肢の二百ミリ近くありそうなムカデが跳び出してきた。

「君はトビズムカデさんですね？　これからハブムカデ族長に会って倒幕のために呉越同舟を申し出るつもりですが、あなたも、一緒にどうですか？」

「ふざけんじゃなか！　なんでわいがハブムカデと肢を組まんとならんとや!?　幕府ば倒したかったら、わいと肢を組んだほうがよかばい」

「残念ながら、あなたもそこそこ強いが、そこそこではカブト幕府に太刀打ちできません」

「なっ…ぬしゃ、わいのこつば馬鹿にしとるとか！　ぬしば喰ってやるけん！」

トビズムカデが、オオスズメ藩主に飛びつき巻きつこうとした。そのとき、樹木から三百ミリはありそうな影が降ってきた。

「勝手な真似をすんなっ！　この森に迷い込んできた虫は、すべて我がの餌や！」

「へビ…じゃなくてムカデだ！」

シオヤアブ藩主が、驚愕の声を上げたのも無理はない。濃赤色の頭部、黄土色の胴部、黄色の肢…二百ミリのトビズムカデを宙で捕らえ、軽々と掴み上げているのは、四百ミリはあろうかという巨大なムカデだった。

「謀反虫は、ハブムカデ様が打ち頭部の刑にしたるわ！」

オオムカデ…ハブムカデ族長は言い終わると同時に、トビズムカデの頭部に毒牙を突き立て喰いちぎると、バリバリと音を立てて食べ始めた。

「あなたが、ハブムカデ族長ですか？」

宙に浮遊しながら、オオスズメ藩主が訊ねた。

「我がは飯の最中なのが見えへんのか？　終わるまで待たんかい、ボケ！」

オオスズメ藩主に毒づくと、ハブムカデ族長は胴部を貪り始めた。

「これは、失礼しました」

「言い返さねえのか⁉　おめえ、こんな肢もじゃを恐れてるんじゃねえだろうな？」

「毒蟲族と肢を組むためにここにきたと、何度言えばわかるんですか」

オオスズメ藩主が、冷え冷えとした声でノコギリ藩主に言った。

「我がと肢を組むやて？」

ハブムカデ族長が、素頓狂な声でオオスズメ藩主の言葉を繰り返した。

「ええ。カブト幕府を倒すためには、私達と毒蟲族が呉越同舟する必要があります」

束の間の沈黙のあと、ハブムカデ族長が森中に響き渡る大声で笑った。

「なにがおかしいんだ、てめえ！」

肢を踏み出しかけたノコギリ藩主を、オオスズメ藩主は右の前肢で制した。

「ワレ、おもろいこと言うな〜。悪いけどな、カブトがどうの幕府がどうのっちゅう話に興味ないんや。あの腰抜けどもは、毒蟲族のやることは見て見ぬふりするしかないんやから」

「こんな日ノ本の片隅を制覇したくらいで満足するなんて、井の中のムカデですね」

オオスズメ藩主の一言に、ハブムカデ族長の高笑いが止んだ。

「なんやて⁉　ワレ、我がを馬鹿にしとんのか⁉」

「ここだとヤスデやクモやミミズくらいしかいないでしょうが、カブト幕府を倒せば、トンボ、バッタ、チョウ、コガネムシ、ナナフシ、セミ…ご馳走が選り取り見取りですよ」

「我ががワレらに力を貸してカブト幕府を潰したら、領地が増えるっちゅうことか？」

「ええ、バッタ藩を丸ごと差し上げますから、お好きなだけご堪能ください」

「おい、おめえら、ちょっと待てや！　なに勝手に話を進めてるんだよ！」

黙って事の成り行きを見守っていたノコギリ藩主が、二匹の間に割って入った。

「俺に相談もなしに、肢もじゃ大王にバッタ藩をくれてやるとはどういうことだ⁉」

「倒幕に毒蟲族の援軍は必要不可欠です。褒美として藩の一つや二つ与えるのは、そうおかしなことではないと思いますがね」

「俺様は、てめえの判断だけで決めたことを言ってるんだ！」

「糞色の牛頭！　さっきから、ワレはたいがいにしとけや！」

ノコギリ藩主の怒声に、ハブムカデ族長の怒声が重複した。

「ええか！　我がはワレらと肢を組まんでも、その気になれば、バッタ藩でもトンボ藩でも制圧できるんや！　力を貸してほしいんやったら、二度と我がに指図すんなや！　それが聞けへんのなら、この時を以て、ワレらを我がの餌とみなす！」

ハブムカデ族長が四百ミリに達する巨体で立ち上がり、三藩主に二虫択一を突きつけた。

「なにが餌とみなすだ！　だったら、てめえを切断して百ミリ四匹のムカデにしてやるぜ！」

「三十年前の過ちを繰り返すつもりですか？」

オオスズメ藩主が、ノコギリ藩主の前に立ちはだかり鋭い複眼で見据えた。

「あなたの先祖は、自らの怒りと過信で単独カブト幕府に乗り込み敗北しました。以来、三十年間、クワガタ藩はカブト幕府に辛酸を舐めさせられてきました。その屈辱は、あなたが一番、おわかりでしょう?」

「あんたも懲りないな。歴史を繰り返す気か?」

シオヤアブ藩主も、呆れた顔で言った。

「言われなくてもわかってる! だからこそ、俺様が仇を討つために…」

「複眼を覚ましてください! 怒りと過信で周りが見えなくなっているのは、先祖の藩主と同じです! 主導権争いは、憎きカブト将軍を倒してからでいいじゃないですか」

オオスズメ藩主が、根気よくノコギリ藩主に諭し聞かせた。

「そうだな。まずは馬糞将軍を倒すことが先だ。おめえらと雌雄を決するのは、それからでも遅くはねえな」

ノコギリ藩主が、前肢組みをして一匹言を呟いた。

「では、改めて、私達四匹が肢を組みカブト幕府を倒す…でいいですね?」

オオスズメ藩主が、三匹の顔を交互に見ながら確認した。

「どうせ最終的には俺様の天下になるんだから、構わねえよ」

ノコギリ藩主が、ふてぶてしく言った。

「我がは誰の指図も受けずに好きなときに好きな場所で好きな虫を喰う。それだけや」

ハブムカデ族長も、ふてぶてしく言った。

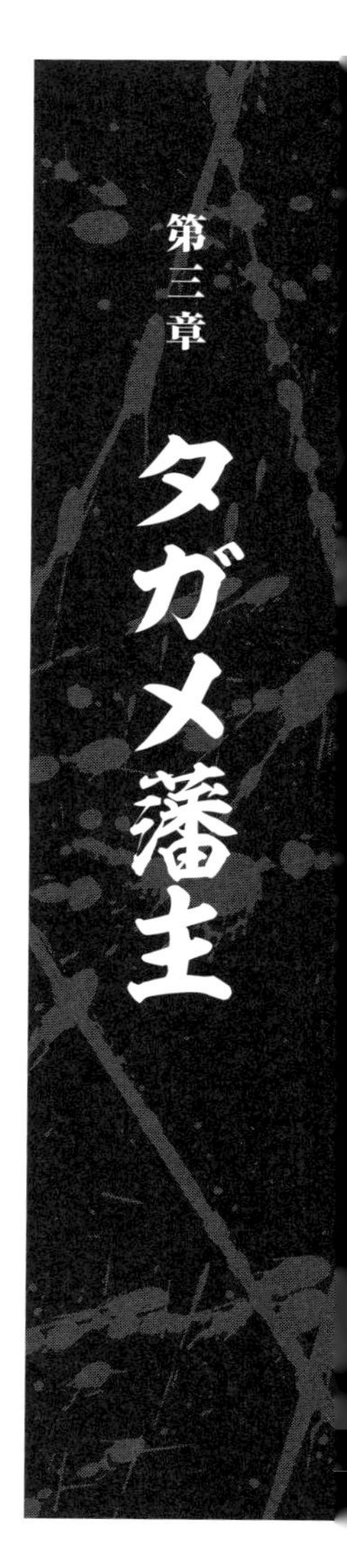

第三章 タガメ藩主

「底なし沼」に向かうぬかるんだ湿地帯を、赤、青、緑の美しいメタリックカラーの上翅を持つナミハンミョウ藩主が素速く軽快な肢取りで先導した。あとには、カブト護衛隊の隊長、カブト将軍、オオカマキリ藩主、オニヤンマ藩主、マイマイカブリ藩主が続いていた。

「将軍、どうしてたったこれだけの虫数で行くのですか？」

　オオカマ藩主が、思い出したように訊ねた。彼女の疑問は、理由を聞かされているカブト隊長以外、みな、胸部の内で思っていたことだ。

「私も同感です。タガメ属やタイコウチ属ら水生昆虫は、幕府入りしていません。中でもタガメ藩主は、ほかの水生昆虫族から水中の帝王と畏怖されており油断なりません」

　オニヤンマ藩主が、警戒心を強めた口調で言った。

　カブト将軍は、完全に棲み分けができているという大義名分で、水生昆虫族に幕府入りを強要してはいなかった。だが、本当の理由は、底知れないタガメ藩主の実力を警戒してのことだった。体格、力はほぼ互角、カブト将軍の頭角に匹敵するタガメ藩主の強靭で太い鎌状の前肢は、捕獲されたらヒキガエルでもフナでも逃げられない。さらに恐ろしいのは、鋭く硬い口吻を敵の表皮に突き刺し消化液を流し込みながら溶けて液状になった肉を吸い尽くすことだ。

「少虫数で行くのは、我がカブト幕府に敵意はないとタガメ藩主に示すためだ」

カブト将軍は腹部の内を口にした。威厳に拘り理由を曖昧にしたままタガメ藩主に会い、臣下の誰かが喧嘩を売ったら元も子もなくなる。

ノコギリクワガタ藩主、オオスズメバチ藩主、シオヤアブ藩主が「毒蟲の森」に赴き、ハブムカデ族長に接触を試みているとの報告をクロゴキブリ藩主から受けただけで、三藩主と毒蟲族の呉越同舟が決定したわけではない。ハブムカデ族長は昆虫を見下しており、対等の立場で肢を組むとは思えないからだ。交渉が決裂する可能性のほうが高かったが、例外がある。倒幕に成功した暁には昆虫藩の領地を分け与えると約束すれば、政に興味はなくても腹部を満たすことに異常な執念を燃やすハブムカデ族長は、心を動かされるかもしれない。

「将軍、謀反の討伐に軍を出せと命じるのに、そこまで気を使う必要はあるんでしょうか？」

オオカマ藩主が、率直な疑問を口にした。

「タガメ藩主は気位の高い頑固虫だ。高圧的な物言いで、従わせることはできない」

「そのときは連合軍で総攻撃して、力で従わせましょう！」

「いまやるべきことは水生昆虫族との戦ではなく共同戦線だ。クワガタ藩、ハチ藩、ハエ藩が肢を組むだけでも手強いというのに、毒蟲族が加わるとなれば相当な脅威だ。俺の役目は威厳を保つことではなく、日ノ本昆虫界を乱世の時代に逆戻りさせないことだ」

カブト将軍は、オオカマ藩主の複眼を見据えつつ諭した。

「おまいらは、わかってないな〜。タガメ藩主だけじゃなくて、すべての水生昆虫族は肉食だから、水に引き込めば毒蟲族もひとたまりもないんだな〜」

マイマイ藩主が、虫を食った口調で言った。

「マイマイ藩主の言う通りだ。毒蟲族が肢を貸したことを想定すると、水生昆虫族との呉越同舟は必須だ。くだらぬ威厳など必要ない！　さあ、案内を続けてくれ」

カブト将軍はナミハンミョウ藩主に複眼を移して言った。

☆

水草と泥で透明度を失った「底なし沼」――陸地からおよそ二十メートル離れた水面に顔を出した、直径一メートルほどの円形の岩でタガメ藩主が悠々と甲羅干しをしていた。

体長七十五ミリに達する巨体は水生昆虫族で群を抜き、カブト将軍にも匹敵する。

タガメ藩主の甲羅に付着した水草やぬめりを、五匹のアメンボが掃除(そうじ)していた。甲羅干しをする岩の周囲には、数十匹のミズスマシが監視役として複眼を光らせている。ミズスマシには四つの複眼があり、前方は見えないが上下左右の広範囲を捉えることができる。

「親方様っ、大変です！」

水生昆虫一の飛行能力を持つミズカマキリが、慌てふためきながら飛んできた。

「カブト将軍が、オオカマ藩主、オニヤンマ藩主、ナミハンミョウ藩主、カブト兵、それから、でかいゴミムシみたいな昆虫を引き連れ、『底なし沼』に向かってます！」

その場にいたゲンゴロウ副藩主、コオイムシ、ミズスマシ、アメンボが表情を強張(こわば)らせた。

「軍勢は何匹だ⁉」

「全部で六匹です」

タガメ藩主は、ミズカマキリに鋭い声で訊ねた。

「俺様の領地に伺いも立てず肢を踏み込む虫は、許しはしない！　兵を招集しろ！」

タガメ藩主は、コオイムシとミズカマキリに命じた。

「親方っ、待ってください！　戦を仕掛けるつもりなら、たった六匹の軍勢でくるはずがありません！　なにか事情があってのこと。話を聞いてからでも、遅くはありません」

ゲンゴロウ副藩主が、タガメ藩主に翻意を促（うなが）した。

「そんなこと言って、本当は同胞のカブト将軍を守りたいんじゃないんですかい？」

コオイムシが、なにかを探るような複眼でゲンゴロウ副藩主を見据えた。

「そんなことを…」

「副藩主の言う通りにしよう」

タガメ藩主が、ゲンゴロウ副藩主を遮（さえぎ）りコオイムシに言った。

「ありがとうござ…」

「招集！」

ふたたびゲンゴロウ副藩主の言葉を遮ったタガメ藩主が号令をかけると、周辺の水面から十数匹のタガメが姿を現し続々と岩上によじ登ってきた。彼らは、警護隊の精鋭だ。

「親方、話が違うじゃないですか⁉」

ゲンゴロウ副藩主が、タガメ藩主に抗議した。

「お前の言う通り、奴らの話は聞くつもりだ。だが、陸生昆虫族を信用しているわけではない。なにかあったときの備えだ。こっちから肢出しをするつもりはないから、安心しろ」

「本当ですね？」

「ああ、本当だ。ただし、俺様が会うのは将軍でもなんでもない。水生昆虫族の王である俺様に謁見を求める、一匹のカブトムシに過ぎない」

「親方っ、あれを！」

コオイムシが、およそ二十メートル離れた岸辺を前肢（ぜんし）で指した。岸辺には、カブト将軍一行が到着したところだった。

☆

「将軍、タガメ藩主ですわ！」

オオカマ藩主が、右の鎌肢（かまあし）で約二十メートル先の岩を指した。岩の上には、後肢で仁王立ちしたタガメ藩主が前肢組みをしてカブト将軍一行を見据えていた。

細長い影…ミズカマキリが、カブト将軍一行の上空で止まった。

「タガメ藩主の臣下のミズカマキリと申します！　カブト将軍をお迎えに上がりました！」

「将軍様の頭上から物を言うなんて、打ち頭部ものよ！　肢もとに跪（ひざまず）きなさい！」

オオカマ藩主が、威圧的にミズカマキリに命じた。

「しかし…」

「下っ端相手に押し問答はやめて、彼にはタガメ藩主を呼んできて貰いましょう。肝要なのは、タガメ藩主がカブト将軍に礼を尽くすことです」

オニヤンマ藩主が言った。

「それもそうね。聞こえたでしょう？　タガメ藩主を呼んできなさい」

オオカマ藩主が、ミズカマキリに命じた。

「そ、それは…できません…」

ミズカマキリの声を、大きな翅音（はね）が掻き消した。

「将軍！　お待ちください！」

カブト将軍だった。カブト隊長が、あとに続いて飛んだ。

「将軍が向かう必要はありません！　向こうから挨拶（あいさつ）にこさせるべきです！」

オニヤンマ藩主が、カブト将軍の前に回り込み進言した。

「いまは誇りに拘（こだわ）ることよりも、謀反虫を討伐することが先決だ。俺が守らなければならないのは国虫であって、取るに足らない威厳などではない！　おい！」

カブト将軍が、カブト隊長に複眼で合図した。

「道を空けてください」

カブト隊長がカブト将軍の前に出ると、オニヤンマ藩主に言った。

「悪いが、ここを空けるわけにはいかない」

オニヤンマ藩主は、一歩も退（ひ）かずに言った。

「隊長の言う通りだ。謀反虫とみなされたくなければ、道を空けるんだ！」

カブト将軍が一喝すると、オニヤンマ藩主が弾（はじ）かれたように動いた。

先導するカブト隊長に続き、カブト将軍は重厚な翅音を立てながらタガメ藩主の待つ岩に向かって飛んだ。オオカマ藩主とオニヤンマ藩主が、カブト将軍の両脇を固めながら飛翔した。

およそ二メートル先でタガメ藩主は、うつ伏せになり二匹のアメンボに上翅（じょうし）の掃除をさせていた。岩の周囲を取り囲むように、複数のミズスマシが上下左右を監視していた。

「私は、カブト将軍護衛隊隊長です。カブト将軍がお見えになりました」

カブト隊長が、タガメ藩主に挨拶とカブト将軍の到着を伝えた。普通の昆虫なら、カブト将軍が現れたなら慌てて肢もとに平伏(ひれふ)すところだが、タガメ藩主は寝そべったままだった。

カブト将軍は後肢(こうし)で立ち、タガメ藩主を見下ろしていた。太く力強い鎌肢、頑丈そうな頭胴部…噂に違(たが)わぬ堂々たる風格だった。そして、想像以上にふてぶてしい性質をしていた。

だが、カブト将軍は平常心だった。不遜な水生昆虫にたいしての怒りはあるが、それ以上に、謀反を企(くわだ)てるノコギリ藩主やオオスズメ藩主への憤りのほうが遥かに勝っていた。

「どうもどうも、わざわざ遠いところをご苦労様っす。わいは、親方の一番弟子のコオイムシって言いやす。今日は、どういったご用件でいらしたんですかい？」

「雑魚(ざこ)虫は引っ込んでなさい！　タガメ藩主っ。あんた、将軍を出迎えもしない上にこんな下っ端を対応に出すなんて、どういうつもりなの！」

オオカマ藩主がコオイムシを一喝した怒りのまま、タガメ藩主に激しく詰め寄った。

「俺様の陣地にいきなり現れた、陸生昆虫の頭を出迎える義理がどこにある？」

「無礼虫！　将軍にいますぐ平伏し赦(ゆる)しを乞いなさい！」

オオカマ藩主が、タガメ藩主に右の鎌肢を突きつけた。

「下がれ！」

タガメ藩主がコオイムシに命じると、アメンボを追い払い仁王立ちした。

「お前ら雑魚虫に用はない。俺様は、陸生昆虫の頭に話がある」

カブト将軍が、タガメ藩主に向かって後肢を踏み出した。体格も風格も互角の陸と水の昆虫界の王が対峙する光景は圧巻だった。

「ほう、陸生昆虫の大将が自ら戦う気になったか？　俺様も、いつかは証明したいと思っていたところなんだよ。昆虫界最強は、このタガメ様だということをな」

「俺が肢を運んだのは、お前と戦うためではない。単刀直入に言う。幕府に協力してほしい」

「これは驚きだな。誇り高きカブト将軍様が、水生昆虫族に協力してほしいだと？」

タガメ藩主の複眼に、驚愕と好奇の色が浮かんだ。

「ノコギリ藩主、オオスズメ藩主、シオヤアブ藩主に謀反の動きがある」

「なんだ。将軍様自慢の幕府軍は、たった三藩も討伐できないのか？」

「奴らだけならここまで肢を運ばない。奴らが毒蟲族と肢を組む動きがあると情報が入った」

「毒蟲族だと？　なるほどな。犬でも猫でも触れるものすべてに襲いかかるハブムカデ族長が肢を貸すとなれば、厄介な話だ」

「俺がなぜ水生昆虫族に援軍を頼みにきたかの理由が納得できただろう」

「ああ、理由はな。だが、一つだけ納得できないことがある。将軍様、俺様の力を借りたいのなら、お願いの仕方ってもんがあるだろうが？」

タガメ藩主が、持って回ったような言いかたをしながら己の肢もとを鎌肢の爪で指した。

「タガメ藩主よ、お前は俺に土下座しろと要求しているのか？」

「逆に訊くが、将軍様は水生昆虫界の王に対峙したまま願い事をする気か？」

「水生昆虫にとっては王であっても、俺の前でお前は一匹の臣下に過ぎない」

カブト将軍の言葉に、タガメ藩主の顔つきが変わった。

「水生昆虫族が、幕府入りした覚えはないんだがな。その言葉を、そのまま返してやろう」

「タガメ藩主よ、俺は頼み事をするにあたって礼儀を尽くしたつもりだ。本来は『クヌギの森の城』にお前を呼びつけてもいいところを、わざわざ『底なし沼』まで肢を運んでいるのだ。俺が下手(したて)に出ているうちに、態度を改めたほうがいい。これは武虫の情け、警告だ」

陸と水の二匹の王が、僅か五センチの距離で対峙した。

不意に、タガメ藩主が大笑いした。

「俺様を腐葉土の森に呼びつけるだと？　下手に出ているうちに態度を改めろだと？　どの口が誰に物を言っている？　上等だ。その思い上がりを俺様が…」

「待ってください！」

ゲンゴロウ副藩主が岩に飛び上がり、タガメ藩主の前に立ちはだかった。

「カブト将軍の言う通りです！　たったこれだけの臣下しか連れず、親方のもとへ肢を運んでくれたじゃないですか！　水生昆虫界の安泰のためにもカブト将軍と肢を組み…」

「俺様と肢を組みたいなら、将軍様が平伏す以外の選択肢はない」

ゲンゴロウ副藩主を遮り、タガメ藩主がにべもなく言った。

「どうしてもカブト幕府と事を構えるというのなら、僕の寿命を奪ってください！」

「ほう、そこまでして将軍様の味方をするのか？　やはりお前は、甲虫目の裏切り虫だな」

「違います！　僕はただ、親方が守ってきた水生昆虫界の行く末を案じて…」

「わかった。ゲンゴロウ副藩主の忠誠心に免じて、頼みを聞いてやってもいい」

「ほ…本当ですか⁉　ありがとうございます！」

弾かれたように、ゲンゴロウ副藩主が頭部を下げた。

「ただし、有言実行して貰うぞ！」

言い終わらないうちに、タガメ藩主がゲンゴロウ副藩主を鎌肢で捉えた。

水中なら楽々と躱せたはずが、陸上の動きではタガメ藩主のほうが遥かに勝っていた。タガメ藩主は、ゲンゴロウ副藩主の中胸に口針を突き刺し体液を啜り始めた。

水生昆虫のナンバー1がナンバー2の体液を吸い始めたことで、オオカマ藩主とオニヤンマ藩主が驚きに複眼を見開いた。二匹以上に、コオイムシ、ミズスマシ、アメンボ、ミズカマキリは驚愕していた。みなが驚くのも、無理はない。ゲンゴロウ副藩主と言えば、水生昆虫族一の遊泳能力と知力を誇り、虫望も厚かった。タガメ藩主の暴走を巧みに制御し、陸生昆虫族とも友好関係を築き…水生昆虫族が泰平の世を謳歌(おうか)できていたのは、ゲンゴロウ副藩主の尽力によるところが大きかった。

「お、親方様…もう、そのへんで、ゲンゴロウ副藩主も懲(こ)りたんじゃないですかい?」

しどろもどろの口調で、コオイムシが言った。同じ甲虫目でゲンゴロウ副藩主を慕っているミズスマシ達が動転し、監視の役目も忘れ水面を独楽(こま)のようにくるくると回り続けていた。

タガメ藩主が口針をゲンゴロウ副藩主の中胸から引き抜き、周囲を見渡した。

「いいか!　俺様に盾突く虫の末路を、複眼を凝らしてよく見ておくがいい!」

臣下達に己の力を知らしめるために、水生昆虫族のナンバー2を見せしめにするタガメ藩主の無法な振る舞いを複眼の当たりにし、カブト将軍は改めて悟った。水生昆虫族を援軍につければ毒蟲族を牽制(けんせい)できると踏んだ読みに間違いはなかった、と。

「こいつのくそまずい体液に免じて、力を貸してやるよ」

鎌肢を組み仁王立ちしたタガメ藩主がふてぶてしく言いながら、ゲンゴロウ副藩主の死骸を後肢で蹴り飛ばした。物凄いスピードで岩の上を回転しながら沼に向かって滑る死骸を、カブト将軍が前肢で受け止め抱え上げた。

「水生昆虫界のために貢献してきた誇り高き功労虫にたいして、弔(とむら)いの気持ちはないのか?」

カブト将軍はタガメ藩主を見据え、ゲンゴロウ副藩主の死骸をオオカマ藩主に渡した。

「なぜ、お前を庇った裏切り虫を弔わなければならんのだ？」

「奴は俺を庇ったのではない。お前の暴走を食い止め、水生昆虫界の安泰を守ろうとした…つまり、お前を守ろうとしたんだ」

「俺様を守ろうとしたなど、笑止千万！　俺様の前に立ちはだかる生き物は何虫たろうとも体液を吸い尽くし死骸にするだけのこと！　もちろん、お前であってもだ！　だが、条件次第では死骸にする相手をムカデ野郎にしてやってもいいがな。俺様が加勢して勝利を収めたら、『コナラの森の城』を水生昆虫族の領地にしろ」

「コナラの森の城」は、「クヌギの森の城」に次いで広大な面積を誇っている。

「水生昆虫が陸を領地にして、どうするつもりだ？」

カブト将軍は冷静な声音で訊ねた。

「水生昆虫族には水陸両用虫が数多くいる。陸で過ごしたいときに最適な場所だと思ってな。あんたと俺様の連合軍が勝利すればクワガタ藩は取り潰しになるんだから、問題はなかろう」

タガメ藩主が、当然、といった顔で言った。

「よかろう」

「将軍！」

オニヤンマ藩主とオオカマ藩主が、ほとんど同時に声を上げた。

「ほう、将軍様は、思ったより物分かりがいいんだな。まあ、俺様と肢を組めば百虫力だから、『コナラの森の城』くらいあたりまえの対価だがな」

タガメ藩主が嘯いた。

「では水生昆虫族は我がカブト幕府と肢を組み、クワガタ藩、ハチ藩、ハエ藩、毒蟲族の連合軍と戦うということでいいな？」

カブト将軍が念を押しながら、右前肢を差し出した。

「将軍っ、そんな独裁昆虫と肢を組んではいけませんわ！」

「私達幕府の陸生昆虫だけで倒せますから、タガメ藩主と肢を組むのはやめてください！」

「将軍の俺が決めたことに、異を唱えるつもりか！」

敢えて、カブト将軍はオオカマ藩主とオニヤンマ藩主を一喝した。

「カブト幕府が勝利した暁には、水生昆虫族に『コナラの森の城』を与えると約束しよう」

「雄に二言はないな？」

「ああ、俺に二言はない。もし、約束を違えたら好きにしろ」

カブト将軍の右前肢の跗節に、タガメ藩主が右の鎌肢の爪を重ねた。

☆

「みなに、重大発表がある」

切り株の玉座に座るカブト将軍が、戦評定（ひょうじょう）に集まった藩主達を見渡した。「クヌギの森の城」に、瞬時に緊張が走った。

「このたび、カブト幕府と水生昆虫族は肢を組むことになった」

「将軍、幕府入りしていない水生昆虫族とどうして肢を組むんですか⁉」

チョウ藩のカラスアゲハ藩主が、驚愕に声を裏返し訊ねた。

「そうですわ！　それに、肢を組むなんて将軍と対等みたいで許せませんわ！」

最前列のトノサマバッタ藩主が、体液相を変えた。藩主達が動揺するのも、無理はない。オオカマ藩主たち以外は、カブト将軍がタガメ藩主にお忍びで会いに行ったことを知らない。

「タガメ藩主を、まずは幕府入りさせましょう！　肢を組むのではなく、従わせましょう！」

ゴキブリ藩のクロゴキブリ藩主が、声高に訴えた。

「クワガタ藩、ハチ藩、ハエ藩の藩主の姿がないのはわかっているだろう！　奴らは謀反を企て、毒蟲族と肢を組んだ。返り討ちにするには、水生昆虫族の力は不可欠だ！」

カブト将軍は、有無を言わせない迫力で命じた。最優先すべきは、幕府連合軍が一丸となって謀反軍を討伐することだとカブト将軍は思っていた。

もう、不満を述べる藩主はいなかった。

「藩主様！　御注進でございます！」

物凄い速さでモリチャバネゴキブリが現れ、クロゴキ藩主の二本突き出た尾角に唇舌（しんぜつ）を近づけた。ゴキブリは音や振動を、触角や尾角で検知するのだ。

「なっ…それは真（まこと）か⁉」

思わず大声を上げたクロゴキ藩主は、カブト将軍の前に素速く移動し、玉座の前に平伏した。

「御注進します！　バッタ藩の『草原の城』を毒蟲族が襲撃しているそうです！」

クロゴキ藩主の報告に、ほかの藩主達のざわめきとどよめきが空気を震わせた。

カブト将軍は、勢いよく玉座から立ち上がった。

「各藩主に告ぐ！　至急、兵を集めるのだ！　ハチ藩、クワガタ藩、ハエ藩、毒蟲族を、一匹たりとも逃さずに寿命を奪え！」

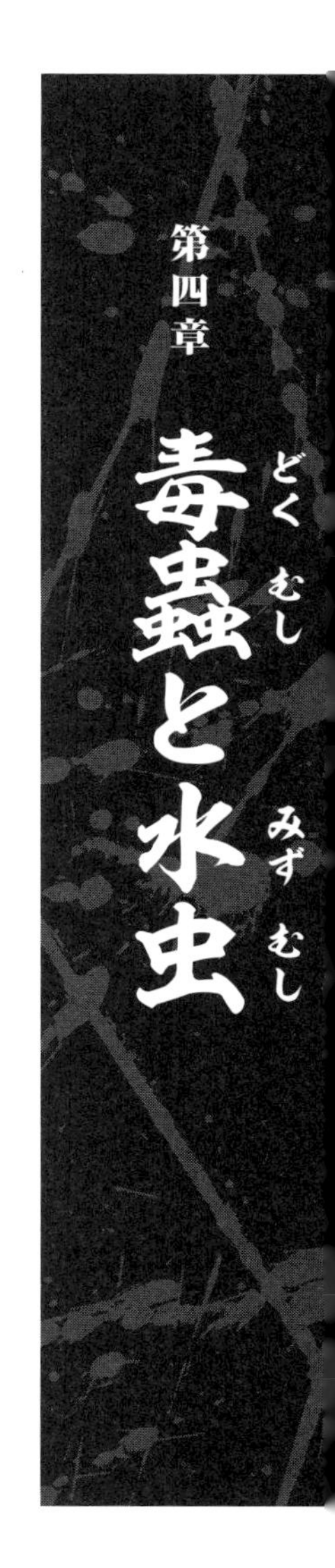

体液を吸われたウマオイ、カンタン、頭部をもがれたショウリョウバッタ、バラバラになったイナゴ…「草原の城」の草むらのそこここに、死骸が転がっていた。

「みんな、毒蟲達を、喰って喰って喰い殺してちょうだい！　行くわよ！」

オオカマキリ藩主が号令をかけ、先陣を切った。スズムシの体液を吸っていたアシダカグモが振り返った。

「お前ら…」

オオカマ藩主は最後まで言わせず、アシダカグモを鎌肢(かまあし)で捕らえ腹部を喰い破った…致命傷を与えて捨てた。十センチ先…今度はエンマコオロギの体液を吸っていたアシダカグモと、カマドウマを押さえ込んでいたアシダカグモに襲い掛かった。味わっている暇はない。カマキリ隊が果たすべき使命は、一匹でも多くの毒蟲族を喰い殺すことだった。

カマキリ隊ナンバー2の大きさ…九十ミリの体長を誇るチョウセンカマキリ副藩主も、既に十五匹の毒蟲族を喰い殺していた。

「毒蟲族は、思ったより肢(あし)応えがないわね！　もっと強い相手はいないのかしら！」

「だったら、俺が相手してやるぜ！」

草薮の中から飛び出してきた細長い影…体長百二十ミリ、青紫の頭胴部、黄色の触角と歩肢のアオズムカデがチョウセン副藩主の前に立ちはだかった。

「ヤバい…ムカデだ…」

枯れ草の薮にカムフラージュして潜む茶褐色のコカマキリが、うわずった声で呟いた。

「青ムカデさん、いい度胸してるわね。まずそうだけど、喰ってあげるから感謝しなさい」

「そんな貧弱な鎌で、俺を捕らえられると思ってんのか！」

「チョウセンさんの鎌が貧弱なら、僕の鎌はどうなるんだよ…」

コカマは、己がアオズムカデと対峙しているかのように震えた。アオズムカデの頭部が、コカマに向いた。

「なんだ？　お前？　枯れ枝みたいなカマキリ…」

コカマに気を取られたアオズムカデの頭部を、チョウセン副藩主の右鎌肢が捕らえた。

「油断したわね。戦いの最中に、背部を見せるんじゃないわよ！」

チョウセン副藩主は、アオズムカデの曳航肢のあたりを左の鎌肢で捕らえた。拘束されたアオズムカデは、必死に胴体をくねらせていたがどうにもならなかった。

「昆虫にも獰猛な肉食がいることを思い知りなさい！」

チョウセン副藩主は大見得を切り、アオズムカデの頭部を大顎で齧り始めた。

「寿命を落とすかと思った…」

コカマの中肢と後肢は、恐怖に震えていた。チョウセン副藩主の背後…突然、草薮から黒い影が飛び出してきた。赤褐色の頭部、藍色の胴体、黄色の歩肢…毒々しい色合いのムカデはアオズムカデより一回り大きく、体長百五十ミリはありそうなトビズムカデだった。

「チョウセンさん！　後ろ！」

コカマの声に、チョウセン副藩主が振り返った。

「カマキリ如きに喰われやがって！」

トビズムカデがアオズムカデごとチョウセン副藩主に巻きつき、頭部と胸部の境目に咬みついた。呆気なくもげたチョウセン副藩主の逆三角形の頭部が、コカマの肢もとに転がった。

「ひぃ…ひぃやぁー！」

「もう一匹、餌みーっけ！」

トビズムカデが喰いかけのチョウセン副藩主を抱えながら、コカマに襲い掛かってきた。コカマは肢が竦(すく)み動けなかった。

もうだめだ…。

コカマが観念しかけたとき、重厚な翅音(はねおと)とともに黒く大きな影がトビズムカデに衝突した。四、五十センチ吹き飛ばされたトビズムカデが、地面に叩きつけられた。

「怪我はないか？」

黒く大きな影…カブト護衛隊副隊長が訊(たず)ねてきた。

「あ、ありがとうございます」

コカマは、カブト副隊長に頭部を下げた。コカマの中肢と後肢は、まだ震えていた。

「てめえ…喰い殺してやる！」

起き上がったトビズムカデが、チョウセン副藩主の死骸を捨ててカブト副隊長に襲い掛かった。カブト副隊長も突進した…二匹が交錯した。

カブト副隊長の頭角が、トビズムカデの胴体を貫いていた。トビズムカデが激しく身体をくねらせ、カブト副隊長の頭胸胴部に闇雲に咬みつこうとしていたが、甲冑(かっちゅう)のような硬い外骨格に牙が通らなかった。カブト副隊長は頭角を物凄い速さで撥ね上げた…およそ五十センチ離れた岩肌に叩きつけられたトビズムカデが潰れて貼りついた。

「強い…これがカブト隊の底力か…」

草薮から二匹の戦いを見守っていたコカマは、掠れた声で呟いた。

どこに潜んでいたのか、二百匹のトビズムカデやアオズムカデがカブト副隊長を取り囲んだ。

「一匹だからって、容赦はしねえ！　おめえら、喰っちまえ！」

号令を合図に、ムカデ族が一斉にカブト副隊長に襲いかかった。

カブト副隊長が飛び立つと、空に黒い塊が現れた。重厚な羽音が空気を震わせ、草の葉を揺らした。黒い塊は、五百匹のカブト護衛隊だった。一匹ずつ、六肢になにかを抱えていた。

「先鋒隊っ、落とせ！」

カブト副隊長の号令の直後、上空から石が降ってきた。

「あぎゃうわ！」

「おげぼぁ！」

加速して落下した石に、ムカデ族が次々と潰された。

「次鋒隊っ、落とせ！」

カブト副隊長が、鬼の形相で号令をかけた。ふたたび、空から石の雨が降る…響き渡るムカデ族の断末魔の声と飛散する体液。ムカデ族は、あっという間に全滅した。

「整列！」

カブト副隊長が号令をかけると、五百匹の護衛隊が地上に降り立ち整列した。十数メートル先から、カブト隊長に先導された百匹の護衛隊に囲まれた一際大きなカブトムシ…カブト将軍が現れた。カブト副隊長が平伏すと、五百匹の隊虫もあとに続いた。

「ムカデ族およそ二百匹を殲滅しました！」

「よくやった！　皆の虫、ハブムカデ族長、オオスズメバチ藩主、ノコギリクワガタ藩主、シオヤアブ藩主の頭部を獲りに行くぞ！　エイエイオー！」

カブト将軍が力強く右前肢を天に突き上げ、勝鬨を上げた。

☆

「キリギリス特攻隊とやらは全滅やな？　肢応えのない奴らや。バッタの味には飽きたわ」

ハブムカデ族長は、散り散りに弾け飛んだキリギリス副藩主を見下ろしながら吐き捨てた。

「カブト将軍を喰らうのが愉しみやで。どっちが本物の王か、教えてやろうやないか」

「いえ、次に攻め込むのは水生昆虫族です」

「は⁉　水虫やと⁉　なんでカブト野郎を攻め込まないんや！」

オオスズメ藩主の言葉に、ハブムカデ族長が複眼を剥いた。

「カブト幕府を倒すには、水生昆虫族を制圧する必要があります。水生昆虫族のタガメ藩主は、カブト将軍に匹敵する戦闘力の持ち主です。しかも、水陸両用なので水中に引き摺り込まれたら一巻の終わりです」

「毒蟲族をナメとんのか⁉　毒蟲族にも水陸両用のオオハシリグモがおるんや！　フナを仕留める実力の持ち主や。逆に、水虫どもの体液を吸って吸って吸いまくってやるわい！」

「水陸両用がオオハシリグモだけでは、水中決戦で勝ち目はありません」

「アホか！　逆に陸に引っ張り上げればええだけの話やないか！」

「ここは私の戦略に従って貰えませんか？　その代わり、『草原の城』以外に水生昆虫族の領地である『底なし沼』も差し上げます」

「ほんまかいな！　それ、嘘やないやろな⁉」

「族長ぉーっ！　大変です！」

　切迫した声…千匹前後のムカデ族を従えたタイワンオオムカデが、物凄いスピードで這(は)い寄ってきた。

「二百匹のトビズムカデとアオズムカデが…カブト護衛隊の襲撃に…全滅しました」

「なんやて⁉　トビズとアオズが二百匹やられたやと⁉　ワレは黙って見とったんかーい！」

　ハブムカデ族長がタイワンオオムカデを毒牙で一咬みした…瞬時に、タイワンオオムカデが真っ二つになった。

「うおぉぉぉぉぉーっ！　カブトのくそ野郎どもがーっ！」

「お気持ちは察しますが、まずは水生昆虫族を…」

「ワレは余計な心配せんと、『底なし沼』の領地の約束守れや！　水虫退治は、トビズ、アオズ、オオハシリグモ、アシダカグモで十分や！　我がとタイワンムカデ族は、カブト護衛隊を喰い殺してくれるわ！　ワレが切り込み隊長や！　くそカブトのところに案内せい！」

　オオスズメ藩主を遮(さえぎ)ったハブムカデ族長が、二百ミリは超えていそうなトビズムカデに水生昆虫族征伐を、二百四十ミリはありそうなタイワンオオムカデに先導役を命じた。

「族長！　ご案内します！　タイワンオオムカデ族は族長を護衛しながらあとに続け！」

　二百四十ミリのタイワンオオムカデが、先陣を切って走り出した。ハブムカデ族長と四百匹を超えるタイワンオオムカデ族があとに続いた。

☆

「カブト幕府と謀反軍の戦い、お前はどっちが勝つと思う？」

「底なし沼」の水藻に掴まり水流に揺られつつ、ミズカマキリ隊長がアメンボ隊長に訊ねた。

「カブト幕府って言いたいところだけど、謀反軍はハチ藩、クワガタ藩、ハエ藩に加えて毒蟲族もいるんだろう？」

水面に立つアメンボ隊長が、ため酸素を吐いた。

「はっきり言って、幕府でカブト藩、クワガタ藩、ハチ藩って言えば三強だったからな。そのうちの二強が抜けて毒蟲族と肢を組んだとなれば、幕府にとって脅威だよな」

「オオスズメ藩主もノコギリ藩主もウチの藩主と互角の戦闘力を持っているし、ハブムカデ族長っていうのは蛇みたいに恐ろしいって噂だし……」

「隊長！　大変です！」

ミズカマキリ隊虫が叫びながら、猛スピードで泳いできた。

「毒蟲族が襲撃してきました！」

「襲撃⁉　毒蟲族は水に入れない……」

「体液が薄くてまずいぜ！」

ミズカマキリ隊長の声を、聞き慣れない声が遮った。声の方向に複眼を巡らせたミズカマキリ隊長、アメンボ隊長は揃って酸素を呑んだ。約三メートル先で、激しい水飛沫が上がっていた。二百匹を超えるオオハシリグモが、ミズカマキリ、アメンボを肢当たり次第捕食していた。

「ど、どうして、クモが水上を歩いているんだ……」

ミズカマキリ隊長が、うわずる声で呟いた。

「いや、後肢で岩や水藻に掴まり、動く物を捕らえているんだ。恐らく僕と同じで、肢先に密集する毛が水を弾いているんだと思う。でも、奴らは水辺でしか捕獲できないようだね」

アメンボ隊長が、オオハシリグモを凝視しながら言った。

「みんな、水辺から離れろ！」

ミズカマキリ隊長が叫ぶと、水辺にいた水生昆虫が一斉に逃げ出した。

背後から、物凄い翅音が聞こえた……翅音に交じって、絶叫と悲鳴が聞こえた。恐る恐る振り返ったアメンボ隊長の複眼の先……五百匹以上のハチの大群が低空飛行して、ミズカマキリ、アメンボを次々と捕獲していた。

「潜（もぐ）れーっ！　みんな、潜るんだーっ！」

ミズカマキリ隊長が叫んだ。ハチ軍は無闇に襲撃しているわけではなく、水生昆虫達をオオハシリグモのほうに追い立てていた。潜れないアメンボ軍は、格好の餌食となっていた。

「突撃だーっ！」

アメンボ隊長の背後から、タイコウチ新副藩主が率いるタイコウチ軍、ゲンゴロウ幼虫軍、オニヤンマヤゴ軍の、総勢一千匹前後の水生昆虫連合軍が迎撃に馳（は）せ参じた。

低空飛行するハチ軍に、水面から飛び出したゲンゴロウ幼虫とオニヤンマヤゴの大群が噛みつき水中に引き摺り込んだ。アシナガバチ、クロアナバチが次々と餌食になった。平均二十ミリから三十ミリのハチ達にたいして、ゲンゴロウ幼虫は八十ミリ、オニヤンマヤゴは五十ミリあるので、空中で喰らいつかれたら簡単に水中に引き摺り込まれてしまうのだ。

タイコウチ軍も水面から飛び出し鎌肢でハチ軍を捕獲すると、次々と水中に引き摺り込んだ。水生昆虫連合軍が参戦してからは、謀反軍との形勢が一気に逆転した。勢いに任せて、水生昆虫連合軍は水辺に進軍した。

「お？　水虫どもの姿が見えなくなったぞ？」

オオハシリグモの一匹が言いかけたとき、その単眼を鉄砲水が貫いた。バランスを崩したオオハシリグモが、水中に落ちた。すかさずタイコウチがオオハシリグモを鎌肢で捕らえ、腹部に口吻（こうふん）を突き刺した。

水面から立て続けに飛んでくる鉄砲水が、面白いようにオオハシリグモの単眼に命中した。

鉄砲水の正体は、オニヤンマヤゴの肛門から噴射される水だった。ヤゴは直腸にエラを持っており、腹部に取り込んだ水を勢いよく噴射しながら移動することができる。オオハシリグモを水中に落とすために、肛門を水面に向けて鉄砲水を発射しているのだ。

「おいっ、いったい、どうなって…」

鉄砲水の波状攻撃が、数十匹のオオハシリグモの単眼を貫いた。直後に、百匹前後のゲンゴロウ幼虫が競うようにオオハシリグモに群がり喰らい始めた。

「まったく、口ほどにもねえクモ野郎だ。毒蟲族最強のムカデ族の恐ろしさを、水虫どもに見せてやるぜ！　行くぞ！」

切り込み隊長のトビズムカデが「底なし沼」に飛び込むと、五百匹を超えるトビズムカデ族とアオズムカデ族があとに続いた。

「ムカデ族だ！　奴ら、水中に潜れたのか！」

タイコウチ隊も、激しく動揺していた。水生昆虫族が動転するのも、無理はなかった。トビズムカデもアオズムカデも、完全に水の中に潜っていた。しかも、ムカデ族の動きは水中でも素速かった。トビズムカデが、オニヤンマヤゴの腹部に噛みついた。抵抗する間もなく、オニヤンマヤゴは寿命を失った。水生昆虫は、毒に弱い体質をしていた。

「なんだこいつら？　巻きつく間もなくくたばってるぜ！」

「肢応えのねえ奴らだ！」

　ムカデ族が、そこここで高笑いした。

「お前ら怯むな！　ヤゴ軍の恐ろしさを見せてやれ！」

　オニヤンマヤゴが大きな複眼でアオズムカデを見据えながら、ゆっくりと泳ぎ近づいた。

「なんだ、トンボの幼虫野郎。殺されにきたのか？」

　挑発するアオズムカデを、オニヤンマヤゴの顎の下からカメレオンの舌のように飛び出した大顎が捕らえた。オニヤンマヤゴはアオズムカデを引き寄せ、咀嚼を始めた。オニヤンマヤゴの大顎の長さと速さに戸惑うアオズムカデが、次々と捕獲された。

「てめえら、トンボのガキ如きになにを肢こずってんだ！」

　アオズムカデ族を怒鳴りつけながら、トビズムカデ族がオニヤンマヤゴ隊に襲いかかった。

「お前らも、やっつけてやる！」

　オニヤンマヤゴが幼い口調で叫び、得意の大顎を複眼にも留まらぬ速さで伸ばした。アオズムカデのときと同じように、トビズムカデの胴部をオニヤンマヤゴの大顎が捕らえた。

「これで仕留めたつもりか？　笑わせんな！」

トビズムカデがオニヤンマヤゴに巻きつき、大きな複眼を齧った。毒が回り、オニヤンマヤゴは瞬時に寿命を失った。ほかのオニヤンマヤゴも、反撃にあい喰い殺されていた。理由は明白だ。トビズムカデはアオズムカデより一回り大きく力も強いので、オニヤンマヤゴの大顎の力では制することができないのだ。攻勢に転じかけていたオニヤンマヤゴ隊が、劣勢になった。

「逃げるんじゃねえ！　トンボのクソガキ！」

　トビズムカデに向かって、長く黒い影が近づいてきた。同族だと思い通り過ぎようとしたトビズムカデの胴部に、激痛が走った。

「てめえは！」

　ここで初めて、トビズムカデは長く黒い影が同族ではなくゲンゴロウ幼虫だと気づいた。体長百ミリのトビズムカデより、ゲンゴロウ幼虫は一回り小さな八十ミリだった。

「トンボのクソガキみてえに、喰い殺して……」

　トビズムカデは巻きつこうとしたが、身体が痺れて動かなかった。ゲンゴロウ幼虫はヤゴと違って大顎から消化液を注入するので、身体が麻痺して溶けてしまうのだ。

「ギギ！　ギギギギ！」

　みんな、奴らを全部喰っちゃうぞ！　…体長百ミリのひと際大きなゲンゴロウ幼虫隊長の号令に、数百を超える隊虫がムカデ族に襲いかかった。

「てめえらっ、怯むな！　相手は水虫のガキだ！　返り討ちにしてやれや！」

　体長二百ミリの巨体を誇るトビズムカデ特攻隊長が、先陣を切ってゲンゴロウ幼虫隊に突進した。トビズ特攻隊長に、ゲンゴロウ幼虫隊長が襲いかかった。トビズ特攻隊長は躱そうとしたが、素速く懐に潜り込んだゲンゴロウ幼虫隊長が胴部に喰らいついた。水の中の動きでは、ゲンゴロウ幼虫隊長のほうが一枚も二枚も上だった。

「痛くも痒くもねえぜ！」

トビズ特攻隊長が身体を捻ると、呆気なくゲンゴロウ幼虫隊長は弾き飛ばされた。ゲンゴロウ幼虫隊長も身体は大きかったが、パワーではトビズ特攻隊長のほうが遥かに勝っていた。体勢を立て直したゲンゴロウ幼虫隊長は、トビズ特攻隊長の背後に回り込み曳航肢に噛みついた。

「こざかしい野郎だ！」

トビズ特攻隊長が尾を振ると、三十センチ以上ゲンゴロウ幼虫隊長が吹き飛ばされた。陸上ならば、物凄い速さで飛ばされた挙句に岩か木にぶつかり即死するところだ。だが、抵抗のある水中で投げ飛ばすだけでは、ゲンゴロウ幼虫隊長に致命傷を与えることはできなかった。

トビズ特攻隊長の大顎が一ミリでも入れば勝負は一瞬で決まるが、機敏に泳ぐゲンゴロウ幼虫隊長を捕まえることができなかった。三度、四度、五度とゲンゴロウ幼虫隊長はトビズ特攻隊長の胴部に噛みついたが、消化液を注入する前に弾き飛ばされることを繰り返していた。

ゲンゴロウ幼虫隊長が十何度目の突進を試みたとき、トビズ特攻隊長が背を向けて逃げた。

「ギギギギギ、ギギギギ！（逃げるなんて、ずるいぞ！）」

ゲンゴロウ幼虫隊長は、トビズ特攻隊長を追った。ゲンゴロウ幼虫隊長が曳航肢に噛みつこうとしたとき、突然トビズ特攻隊長が身を翻した。虚を衝かれ止まったゲンゴロウ幼虫隊長に、トビズ特攻隊長の頭部が迫ってきた。ゲンゴロウ幼虫隊長は躱そうとしたが、間に合わなかった。トビズ特攻隊長の大顎が、ゲンゴロウ幼虫隊長の頭部を噛み砕いた。ゲンゴロウ幼虫隊長は、五秒も経たないうちに毒が回り事切れた。

「水虫どもを、皆殺しだーっ！」

トビズ特攻隊長に、数百匹のトビズムカデ族とアオズムカデ族が続いた。隊長を複眼の前で殺されたゲンゴロウ幼虫隊は明らかに動揺し、士気が低下していた。トビズムカデ族とアオズムカデ族が、次々とゲンゴロウ幼虫を毒牙にかけた。

「水虫どもも、たいしたことねえ…」

百五十ミリの大型のトビズムカデが、岩陰から出てきた黒い影の鎌肢に捕らわれた。

「う、動けねえ…なんだこいつは…」

大型のトビズムカデが暴れても、黒い影の鎌肢はビクともしなかった。

「俺はタガメ護衛隊だ！　水生昆虫族をナメるんじゃない！」

黒い影…タガメが、トビズムカデの胴節に針のような口吻を突き刺し体液を吸い始めた。トビズムカデは身体をくねらせ大暴れしたが、ヒキガエルやフナさえも捕らえて離さない頑強な鎌肢からは逃れることができなかった。

「お、お前がタガメ…」

タガメの消化液で身体が痺れたトビズムカデは、喋ることもできなくなった。

「毒蟲族を一匹残らず殲滅しろ！」

ほかのタガメよりさらに屈強な七十ミリの体躯（たいく）のタガメ護衛隊長が、五百匹の配下に命じた。

「タガメ護衛隊に後れを取るな！」

タイコウチ副藩主が、張り合うように五百匹の配下に命じた。オニヤンマヤゴ隊とゲンゴロウ幼虫隊との戦いで疲弊している毒蟲族に、タガメ隊とタイコウチ隊という水生昆虫族一、二を争う強力隊を返り討ちにする余力は残っていなかった。

「逃げるなっ、ムカデ野郎！」

逃げ惑う二匹のアオズムカデを、タガメが鎌肢でまとめて捕らえて体液を吸った。

「てめえのまずい体液を吸って貰えるだけありがたく思えや！」

タイコウチが、オオハシリグモを水中に引き摺り込み腹部に口吻を突き刺した。

長時間に亘る入水で生命力が弱っていたムカデ族に、もはや水生昆虫族の猛威を止める肢立てはなかった。「底なし沼」の水は、毒蟲族の体液で濁った。

「水虫のくそ野郎どもが、調子に乗りやがって！」

トビズ特攻隊長が力を振り絞り、タガメ護衛隊長に突進した。タガメ護衛隊長の寿命を奪いふたたび形勢を逆転することを狙ったのだ。

「死ねや！　水カメムシ野郎！」

タガメ護衛隊長は捕獲していた三匹のアオズムカデを捨て、トビズ特攻隊長に向き直り鎌肢を大きく広げた。トビズ特攻隊長は、敢えて鎌肢の中に突っ込んだ。鎌肢に捕らわれても、逆に巻きつき喰い殺す狙いだった。もちろん、リスクは承知の上だった。

二匹の距離が近づいた。タガメ護衛隊長が広げる鎌肢に、トビズ特攻隊長が飛び込んだ。

「飛んで火に入る夏の毒蟲め！」

「それは、てめえのことだ！」

トビズ特攻隊長が、タガメ護衛隊長に巻きついた。

「なに…」

タガメ護衛隊長は、驚きを隠せなかった。鎌肢で捕らえた相手に、反撃されたのは初めての経験だった。ヒキガエルやフナでさえ、暴れても反撃まではできなかった。しかもトビズ特攻隊長の締め付ける力は想像以上に強力で、タガメ護衛隊長の甲羅が軋みを上げた。

「しぶとい野郎だ…」

驚いているのは、トビズ特攻隊長も同じだった。全力で巻きついているのに鎌肢を離さないタガメ護衛隊長の力は、トビズ特攻隊長がかつて経験したことのないものだった。

タガメ護衛隊長の口吻が、トビズ特攻隊長の胴節に突き刺さった。口吻には鋸状の返しがついており、一度刺されれば抜けにくい構造になっていた。タガメ護衛隊長は口吻から伸ばした口針で、素速く消化液を注入した。トビズ特攻隊長の身体が徐々に痺れ、タガメ護衛隊長を噛むのが困難になった。一方、締め付けられているタガメ護衛隊長の身体も悲鳴を上げていた。

毒を注入しなくても、トビズ特攻隊長の強烈な締め付けはタガメ護衛隊長の寿命を奪える。十秒、二十秒、三十秒…タガメ護衛隊長の身体を締め付けていた力が弱まってきた。

トビズ特攻隊長は最後の力を振り絞り、鎌首を抬げた。形勢逆転するには、タガメ護衛隊長を毒牙で仕留めるしかなかった。鎌肢を狙って、トビズ特攻隊長は突進した。

時既に遅し…トビズ特攻隊長は鎌肢に到達する前に、水の抵抗に抗えず頭部が底に沈んだ。タガメ護衛隊長は、気を抜かずに一心不乱に体液を吸った。トビズ特攻隊長の力が完全に抜けたのを確認し、タガメ護衛隊長は鎌肢を離した。

トビズ特攻隊長の巨体がゆらゆらと水底に落ちてゆく様を見た、ムカデ族の動きが止まった。

「ムカデ族の頭を仕留めたぞー！」

タガメ護衛隊長の雄叫びに、水生昆虫族の士気が上がった。対照的に、完全に戦意喪失した毒蟲族は気息奄々の体で逃げ散った。

☆

「毒蟲ども、負けたじゃねえか。どうして、スズメバチ隊で援護してやらなかった？」

「底なし沼」の上空に浮遊して、水生昆虫族と毒蟲族の戦に高みの見物を決めこんでいたノコギリ藩主が、オオスズメ藩主に訊ねた。

「ちょうどいい感じで、双方の兵力が低下しました」

「潰し合いさせて高みの見物か。つくづく、てめえは腹部黒い野郎だな」

「カブト将軍のところに向かったハブムカデ族長を放っておくのも、同じ理由なのか？」

シオヤアブ藩主がオオスズメ藩主に訊ねた。

「カブト軍とぶつかる前に外堀から埋めたかったのは事実ですが、戦を始める以上は共倒れしてほしいのが本音です」

「本当に、けったくその悪いハチだ」

ノコギリ藩主が、ふたたび吐き捨てた。

「行きましょうか」

オオスズメ藩主が二匹の藩主に言った。

「どこにだよ？」

「『草原の城』ですよ。ハブムカデ族長とカブト将軍がそろそろ遭遇する頃ですからね」

「なんだ？　肢もじゃ大王を援護しねえんじゃなかったのか？」

「ええ、しませんよ。戦局を見ながら、調整するんですよ」

「なにを調整するんだ？」

「五分の戦いになるよう、劣勢のほうに偶然を装い加勢します」

カブト将軍は、「草原の城」の最奥…切り株の椅子に陣取り、カブト護衛隊長の伝達を待っていた。陣営には、藩主の面々が翅を休めていた。どの藩も毒蟲族との戦いで兵を失っていた。

東の空を覆う黒い影が迫ってきた。

「カブト護衛隊よ！」

オオカマキリ藩主が空を見上げ、弾む声で叫んだ。

カブト護衛隊の大群から、カブト護衛隊長が下降してカブト将軍の前に跪いた。

「ご報告致します！　トビズムカデ族、アオズムカデ族の殲滅に成功しました！」

カブト護衛隊長の報告に、藩主達の歓喜の雄叫びが「草原の城」の大地を揺らした。

「皆の虫！　静まれ！」

カブト将軍の一喝に、藩主達の雄叫びが瞬時に止んだ。

「ハブムカデ族はどうした？」

「方々探したのですが、一匹も発見できませんでした。申し訳ございません！」

「ハブムカデ族の姿が一匹も見当たらないのは不自然だな」

「カブト護衛隊の猛攻に恐れをなし、逃走したのではないでしょうか？」

コガネムシ藩のドウガネブイブイ副藩主が恐る恐る言った。

「そうとは思え…」

カブト将軍は、地鳴りに言葉を切った…遠くに複眼をやった。およそ二十メートル先から、ムカデの大群が押し寄せてきた。

「あのばかでかいのはなんだ⁉」

ミンミンゼミが恐れ戦きながら叫んだ。

カブト将軍は切り株の椅子の上に仁王立ちになり、迫りくる大群の先頭に立つ黒く巨大な影を注視した。体長四百ミリ近い蛇…いや、蛇ではない。

「ハブムカデ族長…」

カブト将軍の言葉に、藩主達が弾かれたように背後を振り返った。カブト将軍は、複眼を疑った。哺乳類、鳥類、爬虫類、両生類以外で、こんなに巨大な生物を見たことがなかった。

「ここは我々にお任せください。将軍を『クヌギの森の城』にお連れしろ！」

カブト護衛隊長がカブト将軍に言うと、隊虫に命じた。

「いや、その必要はない。俺が陣頭指揮を執る！」

カブト将軍は厳しい表情で言った。将軍である自分がいなければ勝てる見込みのない戦いであるということが、カブト将軍にはわかっていた。

「ワレが馬糞将軍かい！」

約二十メートル先…千匹前後のタイワンオオムカデの大群を従え仁王立ちするハブムカデ族長が、カブト将軍に罵声を浴びせてきた。

「お前がハブムカデ族長か？　噂通りの野卑で下等な虫だな」

「昆虫界の将軍言うさかい、どないに凄い虫かと思うたけど、チビやしずんぐりやし、たいしたことあらへんな」

「提案がある。お互い兵力は揃っているが、無駄な死骸を増やさないために俺と差しで勝負しないか？　大将同士、頭部を取ったほうを勝利とする。受けるか？」

カブト将軍はハブムカデ族長を見据えた。

「ええで！　ワレと差しで勝負する…わけないやろ！　我がと差しでやり合おうなんざ、脱皮千回早いわ！　ボケ！　ワレらを皆殺しにするんは、こやつで十分や！　おい！」

ハブムカデ族長の号令を合図に、タイワンオオムカデ族がカブト幕府の陣営に突入してきた。タイワンオオムカデ族が、ミンミンゼミ、クロゴキブリを肢（あし）当たり次第に喰い殺した。戦闘力のないセミ藩、チョウ藩の面々は我先にと飛び立った。

「まずそうな点々野郎だな」

タイワンオオムカデがシロテンハナムグリを捕らえ、頭部からバリバリと喰らい始めた。

トノサマバッタ藩主が高く跳躍し、宙でタイワンオオムカデの頭部を蹴りつけた。タイワンオオムカデの頭部がちぎれて吹き飛んだ。トノサマバッタの後肢（こうし）は太く強靭で、オオカマキリでさえまともに蹴りを受けると破裂してしまう破壊力があった。

「奴らを蹴って蹴って蹴り殺しなさい！」

藩主の命に、トノサマバッタ軍がタイワンオオムカデ族に蹴撃の嵐を浴びせた。

「てめえらっ、バッタごときにやられてんじゃねえ！」

業（ごう）を煮やし、トノサマバッタ隊虫の蹴り肢に噛みついたタイワンオオムカデ隊長は、複数の歩肢で捕らえ頭部に毒牙を立ててるとすぐに捨てた。ほかのタイワンオオムカデのように、トノサマバッタの蹴りといえども一撃で仕留めるのは至難の業（わざ）だった。

「これより、タイワンオオムカデ族を殲滅する！」

カブト護衛隊長が先陣を切ると、千匹のカブト護衛隊があとに続いた。行く手を遮るタイワンオオムカデ隊虫を、カブト護衛隊長は駆け抜けながら頭角で突いて突いて突きまくった。カブト護衛隊長は突いた直後に怪力で撥ね飛ばすので、タイワンオオムカデ族は絡みついて逆襲する余裕もなく、刺され叩きつけられ事切れた。

頭角を振り回しタイワンオオムカデ族を次々と殺戮してゆくカブト護衛隊長は、全身が返り体液に塗れていた。タイワンオオムカデ族の数が、カブト護衛隊の数を遥かに下回った。甲虫の硬い身体にムカデの毒牙が通らず、カブト護衛隊を仕留める術がなかった。

「くそ昆虫が調子に乗りやがって！　俺が相手だ！」

タイワンオオムカデ隊長が二百四十ミリの巨体で飛び、カブト護衛隊長に襲いかかった。カブト護衛隊長は突進してくるタイワンオオムカデ隊長の大顎の下…胸板を頭角のさすまた状の先端で挟んだまま押し返した。

タイワンオオムカデ隊長の巨体がズルズルと後退し、石に背中を押しつけられた。大顎の下を頭角の先端で押さえられているので、毒牙を立てることができなかった。カブト護衛隊長は太く力強い六肢で踏ん張り、物凄い力で押しつけた。このまま頭部を切断するつもりだった。

動けない…。タイワンオオムカデ隊長は、カブト護衛隊長の怪力に驚きを隠せなかった。

「私如きの力に驚いているのか？　カブト将軍の戦闘力は、私など肢もとにも及ばないほどに高い。降伏するなら、貴様の頭部だけでほかの残党は見逃してやろう」

「こ、降伏だと？　笑わせるんじゃ…ねえ！　ハブムカデ族長の力は…俺の百倍…以上だ！」

「ならば、貴様らムカデ族を殲滅するのみ！」

カブト護衛隊長は、六肢にさらに力を込めて前進した。

「我がが、ワレを助けない理由がわかるか？」

突然、ハブムカデ族長の野太い声が降ってきた。

「ワレを助けるのは簡単なことや。けどな、毒蟲族に弱虫はいらんのや。ワレを助けてもすぐに我がが喰い殺すことになる。そやから、生きたければワレの力で寿命を奪えや！」

ハブムカデ族長が鬼の形相でタイワンオオムカデ隊長を叱咤した。タイワンオオムカデ隊長は渾身の力を振り絞り、カブト護衛隊長に巻きついた。カブト護衛隊長の外骨格がミシミシと軋んだ。物凄い圧力にカブト護衛隊長の前翅が捲れ、柔らかい腹部が露出した。いま、腹部を毒牙で咬まれたら一巻の終わりだ。カブト護衛隊長は、タイワンオオムカデ隊長の胸板を捉えた頭角の先端を放すわけにはいかなかった。二匹の我慢比べが続いた。

カブト将軍は、肢助けしたい気持ちを堪えた。ここで肢を出してしまえば、ハブムカデ族長が暴れ出すのは間違いない。カブト護衛隊長が勝つと、カブト将軍は信じていた。ナンバー2のタイワンオオムカデ隊長が倒されれば、動揺が走る。カブト将軍がハブムカデ族長を差しの戦いで食い止めているうちに、幕府連合軍が総攻撃すればタイワンオオムカデ族は壊滅状態になるだろう。あとは、カブト将軍がハブムカデ族長を仕留めれば毒蟲族は終わる。

風に乗って、腹部に響き渡る翅音が聞こえてきた。カブト将軍は空を見上げた。「草原の城」の空に、黒い塊が現れた。上空から、ニイニイゼミ、アゲハチョウが落ちてきた。

「将軍！　オオスズメバチ隊が…」

伝達要員のミンミンゼミの背中にオオスズメ隊虫が乗り、胸部を咬みつつ毒針を腹部に刺した。オオスズメ藩主を先頭に、二千匹はいそうな大群が押し寄せてきた。

「ワレはなにしにきたんや！」

ハブムカデ族長が空を仰ぎ叫んだ。

「『底なし沼』の毒蟲族が水生昆虫族に敗北しました。タイワンオオムカデ族まで負けたら毒蟲族の完全敗北です。だから、援護にきました」

「ワレ！　我がが馬糞将軍に負ける言うとるんかい！」

「あれを見てください」

オオスズメ藩主が、カブト護衛隊長とタイワンオオムカデ隊長に複眼を移した。

「なんや…おいっ！」

ハブムカデ族長が複眼を移したのはちょうど、タイワンオオムカデ隊長がカブト護衛隊長に頭部を刎ねられた瞬間だった。

「将軍！　オオスズメ隊は我々に任せてください！　謀反軍を討伐するぞ！」

タイワンオオムカデ隊長の体液塗れになったカブト護衛隊長が飛び立つと、千匹の護衛隊があとに続いた。

「あたい達も、行くわよ！」

「僕達も行くぞ！」

オオカマ藩主とシロスジカミキリ藩主が、カブト護衛隊長に続いて飛び立った。

ついに、幕府連合軍とオオスズメ隊の全面対決の火蓋が切って落とされた。

カブト隊虫がすれ違い様に、オオスズメ隊虫の頭部と胸部の境目を頭角で突き刺した。切断されたオオスズメ隊虫のオレンジの頭部が吹き飛んだ。

オオスズメ隊虫がカブト隊虫の背後から飛び乗り、腹部の脇の気門から毒針を突き刺した。

カブトムシの背部は硬い前翅に覆われているが、呼吸をする気門は孔が開いているので、的確に狙えば毒針を刺すことができる。毒が回ったカブト隊虫が、硬直したまま落下した。

「毒蟲と肢を組み将軍に楯突くとは、昆虫として恥を知れ！　一匹残らず討伐してくれる！」

カブト護衛隊長が、物凄い勢いでオオスズメ隊の群れに突っ込んだ…頭角でオオスズメ隊虫を突き刺し、撥ね飛ばした。

「樹の上ならまだしも、空ではあなた達は私の敵ではありません」

オオスズメ藩主が縦横無尽に飛び回りながら、カブト護衛隊を翻弄した…気門や肢の付け根に毒針を打ち込んだ。次々とカブト隊虫が死骸となり落下した。

「草原の城」の上空で繰り広げられるカブト護衛隊とオオスズメ隊の戦いは、圧倒的パワーと硬い外骨格で守られているぶん、六対四でカブト護衛隊が優勢だった。だが、ほかの幕府軍は様相が違った。オオカマ軍は、飛翔が苦手なぶん空中戦では劣勢を強いられていた。オオスズメ隊虫のスピードについてゆけないオオカマ隊虫は、簡単に背後を取られた。加えて甲虫と違い身体が柔らかいので、オオスズメ隊虫は毒針を容易に刺すことができた。

「カマキリ野郎、そんなのろい動きで俺らに空中戦で勝てると思ってるのか⁉」

オオスズメ隊虫が嘲笑いながら、オオカマ隊虫の鎌肢の攻撃を躱し大きな複眼に牙を立てた。一瞬でオオカマ隊虫の右の複眼が潰され体液が飛び散った。そこここで、オオカマ隊虫がオオスズメ隊虫の大顎と毒針の餌食になっていた。

「オオカマ軍を愚弄するのは、あたいを倒してからにしなさい！」

業を煮やしたオオカマ藩主が、浮遊飛びしながら鎌肢を大きく広げた。

「空中戦で威嚇は通用しないぜ！」

オオスズメ隊虫が、オオカマ藩主に猛スピードで襲いかかった。五十センチ、四十センチ、三十センチ…二十センチを切ったときに、オオスズメ隊虫の姿が消えた。

「空中戦はトンボ藩に任せてくれ。君達カマキリ藩は、トンボ藩が苦手な地上戦を頼む」

偵察から戻ったオニヤンマ藩主が言い残し、オオスズメ隊虫の頭部と胸部の繋ぎ目を大顎で咬み、複眼にも留まらない速さで飛び去った。オニヤンマ藩主の言う通りだった。草原で戦うことこそ、カマキリ藩の実力が発揮できるというものだ。

「皆の虫っ、地上に撤収よ！」

オオカマ藩主が、オオカマ隊に命じた。

トンボ藩の隊虫が戦線に加わってから、オオスズメ隊に焦りが見え始めた。個としての戦闘力はオオスズメのほうが遥かに上だが、圧倒的な飛翔能力を誇るオニヤンマやギンヤンマと空でやり合うのは分が悪かった。といっても餌食になっているのは、四十ミリ前後の比較的小さな個体だ。五十ミリ以上の大きな個体のオオスズメ隊虫は違った。オニヤンマ隊虫が五十ミリのオオスズメ隊虫を背後から捕獲した。

「キイロスズメバチくらいの個体を仕留めたからって、調子に乗るなよ」

オオスズメ隊虫が空中で胴体を回転させ、オニヤンマ隊虫と向き合う格好になると腹部を持ち上げ毒針を突き刺した。あっという間に硬直したオニヤンマ隊虫が落下した。

同じような光景が、そこここで見られた。大きな個体のオオスズメ隊虫達は、敢えてオニヤンマ隊虫やギンヤンマ隊虫に捕獲されて刺殺する作戦なのだ。

まんまと術中に嵌(はま)ったギンヤンマ隊虫が、五十ミリ超えのオオスズメ隊虫を捕獲した。敵が六肢で制御できないとギンヤンマ隊虫が気づいたときには、胸部に毒針を打ち込まれていた。

「大きな個体は捕獲するな！　離れて戦うんだ！」

オニヤンマ藩主が隊虫達に肢本を見せるように、五十ミリ超えのオオスズメ隊虫の背後から猛スピードで近づき、追い抜き様に片側の翅の半分を噛みちぎり飛び去った。オニヤンマ藩主の背後で、バランスを崩したオオスズメ隊虫が落下した。

飛翔速度の違いを利用した戦いを隊虫達が真似し始めると、劣勢だったオニヤンマ隊とギンヤンマ隊が盛り返した。

「日ノ本(ひのもと)最強のオオスズメ隊が、これ以上の恥はさらせません。私に続きなさい！」

オオスズメ藩主は上空に高く飛ぶと、オオスズメ隊があとに続いた。

「毒霧噴霧！」

オオスズメ藩主の号令に、千匹を超えるオオスズメ隊虫が一斉に毒液を噴霧した。大量の毒液が、カブト護衛隊、オニヤンマ隊、ギンヤンマ隊、シロスジカミキリ隊に浴びせかけられた。

甲虫のカブトムシとシロスジカミキリのダメージは少なかったが、オニヤンマ隊とギンヤンマ隊は毒液が体内に染み込み、次々と寿命を奪われ地上に落ちた。

「ここは我々カブト護衛隊が受け持ちます！　カミキリ藩も、カマキリ藩と同様に地上戦に専念してください。あなた方は甲虫と言っても、我々に比べ硬度がありません！」

「わかった。カミキリ藩の各隊！　地上に撤収せよ！」

シロスジ藩主が号令をかけると、カミキリ藩の面々が一斉に地上に向かった。

「あれは…」

地上に降り立ったシロスジ藩主は酸素を呑んだ。およそ三メートル先…オオアレチノギクに囲まれた空間で、ハブムカデ族長とカブト将軍が一メートルの距離で対峙していた。

「なんや、縞々ハチ野郎、大口叩いとった割には苦戦しとるやんけ。まあ、馬糞幕府の弱虫どもの死骸はそれ以上に転がっとるけどな」

ハブムカデ族長が高笑いした。幕府軍の死骸の七割は、オニヤンマ隊虫、ギンヤンマ隊虫、オオカマ隊虫だった。だが、安心はできない。これ以上オオスズメ軍の毒霧攻撃を浴び続ければ、カブト隊も、前翅の隙間や気門から毒液が染み込み次々と寿命を落とすことだろう。

「貴様ら毒蟲族をこれ以上野放しにするわけにはいかん！」

カブト将軍は、ハブムカデ族長を鋭い複眼で見据えた。四百ミリの体長を誇るハブムカデ族長と向き合っていると、まるでマムシと向き合っているような錯覚に襲われた。

「よう大口叩いたな、ワレ！　吐いた体液は呑み込ませんぞ！」

怒声とともに、ハブムカデ族長が尾を振った。カブト将軍は飛び立った。

ハブムカデ族長の曳航肢（えいこうし）が、物凄い勢いで風圧とともに迫ってきた。カブト将軍は曳航肢を躱したが、風圧に二、三メートル吹き飛ばされ地面に転がった。

「将軍を風の力だけで吹き飛ばすなんて、信じられないわ…」

遠巻きに観戦しているオオカマ藩主が、驚きの表情で呟いた。

「あんな化け物に、将軍は勝てるのか…」

シロスジ藩主が、強張った顔で呟いた。

「よう躱したな！　次はそうはいかんで！」

二発目の曳航肢が、唸りを上げて飛んできた。カブト将軍は地面に六肢の爪を食い込ませ、体勢を低くした。頭角の上を物凄い勢いで曳航肢が通り過ぎた。

曳航肢が当たってもいないのに、カブト将軍の外骨格は軋みを上げていた。防戦一方だと、いつかは攻撃を食らってしまう。カブト将軍は、ハブムカデ族長に向かって飛んだ。

「飛んで火に入る馬糞将軍ってか！」

ハブムカデ族長が毒牙を開き、迎え撃った。二メートル、一メートル、五十センチ…距離が三十センチを切ったが、カブト将軍はフェイントをかけずに真っ向勝負を挑んだ。

「まずい！　頭角を咬まれた！」

クロゴキブリ藩主が大声をあげた。

カブト将軍の頭角の先端を毒牙で捕らえたハブムカデ族長は、岩に叩きつけようと渾身の力で振り回した…つもりが、宙でカブト将軍は動かなかった。

カブトムシは体重の百倍の重さを引っ張ることのできる怪力の持ち主だ。カブト将軍は十グラムあるので、一キロの重さを動かすことが可能だ。ハブムカデ族長が巨大と言っても、せいぜい百グラム前後だ。カブト将軍が全力を出せば、ハブムカデ族長と力比べで互角に渡り合っても不思議ではない。

カブト将軍は頭角を咬まれたまま、地面に着地した。普通の昆虫なら、投げ飛ばされているか咬み殺されているかのどちらかだ。ハブムカデ族長の力に抗い地面に着地できること自体、信じられない怪力だった。

カブト将軍は、ジリジリとハブムカデ族長を押し込んだ。六肢の爪で踏ん張ることのできる地上のほうが、カブト将軍の力をより発揮できた。

己の身体が後退していることに、ハブムカデ族長は驚きを隠せなかった。ヘビやヒキガエルならまだしも、自らの五分の一ほどの体長しかない昆虫を投げ飛ばすことができないどころか、押し込まれている事実を受け入れることができなかった。

「己の欲のために罪なき藩虫達を殺戮するお前を成敗する！」

カブト将軍は渾身の力で頭角を撥ね上げた…ハブムカデ族長の巨体が宙に浮いた。

「将軍が化け物を投げ飛ばしたわ！」

オオカマ藩主が左右の鎌肢を叩きながら叫んだ。

「いや！　違う！　奴は頭角に咬みついたままですわ！　将軍様ーっ！　背後ですわ！」

トノサマバッタ藩主が絶叫した。

投げ飛ばされたハブムカデ族長がカブト将軍の背後で着地した…今度はハブムカデ族長が遠心力を利用して、カブト将軍を天高く抱え上げた。カブト将軍の複眼界で、景色が物凄い速さで流れた。天と地が逆転した。伝家の宝刀の頭角撥ね上げを返されたのは、カブト将軍が完全変態して初めての経験だった。

このままだと地面か岩に叩きつけられ、頭胴部がバラバラになってしまう。カブト将軍は前翅を広げ、後翅を羽ばたかせた。ハブムカデ族長の身体が、飛翔力によって上に引っ張られた。

我がが持ち上げられるというのか？

ハブムカデ族長は、信じられない気持ちで一杯だった。カブト将軍は渾身の力で天へと飛翔した。五センチ、十センチ…ハブムカデ族長の曳航肢が地面から浮いた。

「さすが将軍だわ！　あの化け物ムカデを持ち上げたわ！」

オオカマ藩主が、歓喜に鎌肢を振り上げた。

ハブムカデ族長の曳航肢は、既に地面から一メートルほど浮いていた。カブト将軍の計画は、ハブムカデ族長を数十メートルの高さから岩場に落とすことだった。ハブムカデ族長の身体が頑丈とはいえ、その高さから落下して岩に叩きつけられたら寿命を失ってしまうだろう。

三メートル、四メートル、五メートル…ハブムカデ族長の巨体がどんどん上昇した。

「ワレの思い通りになってたまるかい！」

ハブムカデ族長が竜巻のように身体を回転させた。カブト将軍の身体も物凄いスピードで回転した。

「まずい！　ハブムカデ族長の逆襲が始まったぞ！」

クロゴキ藩主が悲痛な声で叫んだ。

カブト将軍とハブムカデ族長の二匹は、組み合い回転したまま地面に叩きつけられた。二匹は衝撃で一メートルほど離れたが、ほとんど同時に跳ね起き戦闘態勢を取った。

「俺の前翅を地面に着かせたのは、お前が初めてだ。それは認めてやろう。だが、ここまでだ！」

カブト将軍が頭角をハブムカデ族長に向かって水平に向けながら突進した。

「それは我がの言葉や！　ワレをバラバラにして馬糞と一緒に腐葉土に還したるで！」

ハブムカデ族長が鎌首を抬(もた)げ毒牙を開き、カブト将軍を迎え撃った。

突進するカブト将軍の前に、天からなにかが降ってきた。

「しょ…将軍様…」

降ってきたのは、クワガタ藩のミヤマクワガタ隊長だった。仰向けになったまま弱々しく肢を動かすミヤマ隊長の二本の大顎は根元から折れ、右前肢(ぜんし)と左後肢を失っていた。

「どうした⁉　誰にやられた⁉」

「謀反軍に入った…ノコギリクワガタ藩主の…説得に…向かう途中…コオロギに…やられました…」

呼吸も絶え絶えに、ミヤマ隊長が言った。

「コオロギだと⁉　クワガタ属のお前が、コオロギにやられるわけがないだろう！」

「見たこともない…百ミリ以上ある…化け物コオロギ…でした…」

「ミヤマ隊長、ウチの藩に百ミリを超えるコオロギなんていないわよ」

トノサマバッタ藩主が、ミヤマ隊長に跳ね寄り言った。

「あの…コオロギは…日ノ本の昆虫ではありま…せん…南蛮虫です…」

「南蛮虫ですって⁉　それは、どういうことなの⁉」

トノサマバッタ藩主が、驚愕の表情で質問を重ねた。

「リオック…そう…言ってました…グフォ！」

ミヤマ隊長が切れ切れの声で言うと、茶褐色の体液を吐いた。

「リオック⁉　なによそれ⁉　ねえ、あんた、なんだかわかる⁉」

オオカマ藩主が、クロゴキ藩主に訊ねた。

「インドネシアという国の虫だと思う。噂では暑くてジメジメしている国で、物凄い数の虫が生息しているらしい。生息している虫は、日ノ本の虫より遥かに大きいそうだ」

「お前に瀕死の重傷を負わせた巨大コオロギとやらは、リオックという名なのか？」

カブト将軍がミヤマ隊長に訊ねた。

「はい…悪魔のように強い…コオロギでした…オオスズメ藩主の何倍もある大きな牙で…一方的に咬みつかれて…反撃するどころか…逃げ出すのに…精一杯…でした…」

「おいこら！　ワレらさっきから、なにをごちゃごちゃ抜かしとんねん！　そないなしょぼい昆虫がやられたことで大騒ぎして、我がから逃げようとしとるんか！　どうなんや！」

事の成り行きを見守っていたハブムカデ族長が、痺れを切らして怒声を浴びせてきた。

「勘違いするな！　お前から逃げているわけではない。ミヤマ隊長の言うように南蛮虫が日ノ本に侵入しているとすれば、いま、俺とお前が争っている場合ではない」

「言い訳並べんでもええから、我がが怖いならはっきりと言えや！　南蛮虫か知らへんが、我が以上に恐ろしく強い虫はおらん！　ワレがきいへんのなら、我がから行くまでや」

言い終わらないうちに、ハブムカデ族長がカブト将軍に飛びかかった。

「待ってください！」

物凄い勢いで飛んできた黒い影……オオスズメ藩主がハブムカデ族長を止めた。

「なんやワレ！　邪魔すんなや！　どかんと、ワレから喰い殺すで！」

「いま、ここで争っている場合ではありません。偵察隊のミツバチから報告が入りました。カマキリ藩の『河原草地の城』を、百ミリを超える巨大コオロギの大群が、『毒蟲の森』を、ヒキガエルほどの巨大グモと二百ミリ以上ある巨大サソリの大群が襲撃しているそうです！」

「なんですって⁉」

「なんやて⁉」

オオカマ藩主とハブムカデ族長が同時に体液色ばんだ。

「オオスズメ藩主の言うように、いまは幕府と謀反軍で争っている場合ではない。戦いは休戦だ。幕府軍はこれから『河原草地の城』に向かう。お前らは、お前らの領地を守れ」

カブト将軍はミヤマ隊長を腐葉土に横たわらせ、ハブムカデ族長に言った。

ミヤマ隊長の傷は深く、寿命がそう長くはないことがわかった。せめて静かな場所で土に還らせてあげたいと、カブト将軍は思った。

「偉そうに指図すんなや、ボケ！　そないなことワレに言われんでもわかっとるわい！　南蛮虫を喰い殺したら、今度こそワレをバラバラにしたるさかいな！　頭部洗って待っとけや！」

ハブムカデ族長が、鬼の形相でカブト将軍に怒声を浴びせた。巨大グモに巨大サソリ…得体の知れない毒蟲達に縄張りを荒らされ、ハブムカデ族長の怒りは頂点に達していた。

　これまで、四百ミリの凶暴な化け物ムカデを恐れ、「毒蟲の森」を襲撃しようなどという愚か虫はどこにもいなかった。それを、どこの虫の外骨格ともわからぬ南蛮虫が「毒蟲の森」に攻め入った…こんなに屈辱を受けたことはいままでになかった。

「ワレら、南蛮虫とやらを喰い殺しに行くで！」

　ハブムカデ族長が巨体を翻(ひるがえ)し駆け出した。

「皆の虫っ、集まれ！」

　カブト将軍の前に、カブト護衛隊長と各藩主が集合した。

「ミヤマ隊長に致命傷を負わせた化け物コオロギ！　『毒蟲の森』を襲撃したという巨大グモに巨大サソリ！　真偽は定かではないが、未知の南蛮虫が日ノ本昆虫界に侵入した可能性がある！　幕府軍は謀反軍との戦いを休戦し、これから侵略虫の討伐に当たる！　『河原草地の城』に向かい、リオックとかいう南蛮虫の大群を殲滅する！」

　カブト将軍が重厚な羽音を立てながら飛び立つと、カブト護衛隊と各藩虫が続いた。

　ミヤマ隊長を一方的に齧(かじ)り、致命傷を負わせたリオックとはいったい？

　飛翔しながら、カブト将軍は未知の敵について考えた。リオックばかりではない。「毒蟲の森」を襲撃したと言われる毒蟲も、恐らく南蛮虫に違いなかった。四百ミリの巨体を誇るハブムカデ族長なら殺(や)られることはないだろうが…。カブト将軍の胸部に不安が広がった。

「ずいぶん、不安そうな顔をしてるじゃねえか」

声の主…カブト将軍の隣で、合流したノコギリ藩主が飛翔していた。ノコギリ藩主の背後には、ノコギリ軍が隊列を成して飛んでいた。

「謀反虫の分際で、よくものこのこと顔を出せたものだな」

「一時休戦なんだろうが？　俺様が肢を貸してやるから、有難く思え」

「貴様の力などいらんと言いたいところだが、いまは私怨を抜きにして日ノ本昆虫が一丸となって、南蛮虫に立ち向かわなければならん。頼んだぞ」

「勘違いするんじゃねえ！　俺様は幕府軍のために戦うんじゃねえ。ミヤマ隊長を噛み殺したっていうでぶっちょコオロギを挟み殺すためだ！」

「ほう、ノコギリ隊以外のクワガタ藩の藩虫からそっぽを向かれているお前が、ミヤマ隊長の仇討ちに立ち上がったというわけか？」

「馬鹿野郎！　ミヤマなんぞへなちょこクワガタはどうだっていい。俺様は、クワガタ属に勝ったと勘違いしているでぶっちょに現実を教えるために皆殺しにしてやるんだよ！」

相変わらず傲慢で自己中心的なノコギリ藩主だったが、カブト将軍にとってはオオスズメ藩主とともに、味方になればこれほど心強い昆虫はいなかった。

「将軍！　『河原草地の城』が見えてきました！」

カブト護衛隊長が複眼下に広がる、砂利と雑草に覆われた平地を前肢で指した。

「皆の虫！　これより下降し、巨大コオロギの南蛮虫を討伐する！　行くぞ！」

カブト将軍の号令を受けた幕府軍が、「河原草地の城」に向けて急下降した。

第六章 ビッグボース！

鮮やかなピンクのツルボの花と白いイタドリの雄花が咲き乱れる「河原草地の城」に、平和な時間が流れていた。

「あ～あ、たまには活きのいいコオロギやバッタを食べたいわね～」

オオカマキリ雌が、右の鎌肢(かまあし)で捕らえたダンゴムシを齧(かじ)りながらため息を吐いた。

「まったくよね～。毎日毎日こんな餌じゃ飽きてしまうわ」

チョウセンカマキリ雌が、左の鎌肢で捕らえたミミズを齧りながらため息を吐いた。

「幕府軍の昆虫を食べてはいけないって掟(おきて)が、私達、肉食昆虫にはきついわね～」

オオカマ雌が、ふたたびため息を吐いた。

「そういえば、ハチ藩とハエ藩は謀反(むほん)して幕府を出たから、食していいんじゃないかしら！」

チョウセンカマキリ雌が、思い出したように声を弾ませた。

「なんだい二匹とも、しょぼくれた顔で。昆虫を食べたいなら、おいらのをあげようか？」

オオカマ雌とチョウセンカマキリ雌の会話に割って入った甲虫…オオモモブトシデムシが、地面に丸々と肥えたエンマコオロギの死骸を放った。

「死骸なら昆虫を食べても、お咎(とが)めもないはずだ。さあさあ、遠慮しないで食べて食べて！」

「私達はあんたと違って死骸は食べないのよ！」

オオカマ雌が強い口調で言い放った。

「こりゃ失礼！　それじゃ、オサムシ藩の連中に持って行くとするか」

オオモモブトシデムシが、エンマコオロギの後肢（こうし）を噛んで引き摺り始めた。

「親切心で言ったんだから、あんな断りかたしたらかわいそうよ」

オオモモブトシデムシを見送りながら、チョウセンカマキリ雌がオオカマ雌を窘（たしな）めた。

「ああいうタイプにはね、はっきり言ってあげないと…あれ？」

オオカマ雌の複眼の先で、オオモモブトシデムシが草むらに引き摺り込まれた。

「なによ…あ！」

オオモモブトシデムシの頭部や六肢（ろくし）が宙に舞った。オオカマ雌とチョウセンカマキリ雌が顔を見合わせた。

「草むらになにかいるのかしら？　ちょっと行ってくるわ」

チョウセンカマキリ雌が、小走りに草むらに向かった。

「私も行く…」

あとを追おうとしたオオカマ雌は、草むらから飛び出してきた巨大な影に肢を止めた。チョウセンカマキリ雌が、巨大な影に地面に押さえつけられていた。

「なにあれ…」

オオカマ雌は、複眼を凝らした。百ミリ以上ある体長、鶉（うずら）の卵ほどもある巨大な頭部、オオスズメバチより大きな牙…巨大なコオロギが、カブト将軍と遜色のない太く棘（とげ）のついた前肢（ぜんし）でチョウセンカマキリ雌を押さえつけ、頭部からバリバリと喰らっていた。

巨大コオロギはあっという間に、チョウセンカマキリ雌の翅（はね）だけを残し喰らい尽くした。

「あ、あんたは一体…何虫なの⁉」

干乾びた声で、オオカマ雌が訊ねた。巨大コオロギが、太く強靭な後肢で仁王立ちした。

「Nama（私の）saya（名前は）sia ferox（リオックよ）！」

巨大コオロギ…リオックが食べ滓のチョウセンカマキリ雌の肢を大顎にぶら下げながらインドネシア語で名乗った。

「あなた、日ノ本の昆虫じゃないわね？」

オオカマ雌は恐怖心に抗い、翅を広げて体を大きく見せる威嚇の体勢を取ったが、三十センチ先にいるリオックはさらに大きかった。

「私はインドネシアからきたの。噂には聞いていたけど、日ノ本の昆虫は小さいけど美味ね。あんたもまずそうな色だけど、味はよさそうだね。さあ、喰ったげるからこっちにおいで」

リオックが虫を食ったように、棘々の前肢で肢招きした。

「馬鹿にしないで！　コオロギはカマキリの餌と相場が決まってるのよ！」

「インドネシアじゃね、カマキリは私達の主食よ」

リオックがふてぶてしい態度で言った。

「日ノ本カマキリ界最強のオオカマ属の誇りにかけて…」

いつの間にか、リオックの大きな顔がオオカマ雌の複眼の前にあった。オオカマ雌は、リオックの前肢であっという間に地面に組み伏せられた。オオカマ雌は跳ねのけようとしたが、物凄い力で押さえつけられ身体が動かなかった。

まさか、自分がコオロギに喰い殺される日がくるとは…。

「藩主様、オオカマ属の面子を潰してしまい申し訳ございません…」

リオックの一噛みで、オオカマ雌の頭部が潰れた。あっという間に咀嚼(そしゃく)され、オオカマ雌は六肢と翅を残すだけの肉団子にされてしまった。

☆

「なんなのよ⁉　あのばかでかいコオロギは⁉」

別の草むらでは、カマキリ藩の集団が逃げ惑っていた。背後からは、二十数匹のリオックが巨体からは想像のつかないスピードで追いかけていた。

「日ノ本の昆虫を、喰って喰って喰い尽くすのよ！」

先頭を走るリオックのボス代行が、同胞の士気を高めるように叫んだ。

「河原草地の城」にリオックファミリーが侵入して僅(わず)か一刻も経たないうちに、半数以上の藩虫が喰い殺されていた。

「そんなに慌てて、何事だ？」

偶然に「河原草地の城」を通りかかったコクワガタが、逃げ惑うオオカマ雌に訊ねた。

「私達や将軍様より大きなコオロギなの！　あれは化け物よ！　コクワ殿も早く逃げて！」

オオカマ雌が、パニック気味に叫んだ。コクワの複眼の先…カマキリ属を追い立てるリオックの大群が現れた。

「クワガタ軍が、コオロギ如きに背部を向けるわけないだろう！　俺が相手になってやる！」

コクワが、迫りくるリオックファミリーの前に立ちはだかった。コクワ属は体長こそ小さいが、気性はクワガタ軍の中でもノコギリ属と一、二を争うほどに荒かった。

「あんた、何虫だい⁉」

　リオックファミリーのボス代行が肢を止め、コクワに問いかけた。数十匹のリオックの黒く円（つぶ）らな複眼が、コクワに注がれた。

「俺はクワガタ藩のコクワガタだ！」

「あんた、クワガタムシなの？　日ノ本のクワガタムシは、ずいぶんとしょぼいんだね？」

　リオックボス代行が嘲（あざけ）ると、リオックファミリーの大爆笑が大地を揺らした。

「しょぼいかどうか、相手になってやる！　ぶくぶく太ったでぶコオロギ！」

「そいつはあたいの餌だよ！」

　突然、コクワの頭上から野太い濁声（だみごえ）が降ってきた。

「ビ…ビッグボス！」

　リオックボス代行が地面に平伏（ひれふ）した。

「ビッグボス！」

　背後のリオックファミリーの面々も、一斉に平伏した。

　頭部を後ろに巡らせたコクワの複眼が凍（い）てついた。リオックボス代行より頭部二つぶんは大きな、百五十ミリはありそうな超巨大リオックが、仁王立ちしていた。

「お、お前はいったい…」

「聞いてなかったのかい？　あたいはリオックファミリーのビッグボース！」

　リオックビッグボスが、太い前肢で己（おのれ）の顔を指しながら大声で言った。

「ビッグボスだかなんだか知らないが…日ノ本になにをしにきた？」

　コクワは平静を装い訊ねたが、恐怖で六肢がぶるぶると震えていた。

「日ノ本の虫を、喰って喰って喰い尽くすためにきたんだよ！」

「なんだと⁉　そんなこと、クワガタ藩がいるかぎり許しはしない！　図体のでかいだけの柔らかなコオロギが、我ら甲虫に勝てると……」

コクワの身体が宙に浮いた。リオックビッグボスの牙がコクワの左の大顎をロックし、軽々と振り回した。小枝が折れるように、あっさりとコクワの左の大顎が切断された。

考える間もなく、コクワの身体がふたたび宙に浮いた。今度は右の大顎をリオックの牙にロックされていた。コクワは成す術もなく振り回された。

ポキリという音とともに、コクワが地面に叩きつけられた。昔、オオクワガタと戦ったときでさえこんなに無力感を覚えたことはない。いま戦っている昆虫は、本当にコオロギなのか？

「日ノ本最強の甲虫は、そんなもんかい？　相手にならないから、喰ってやる」

小馬鹿にしたように、リオックビッグボスがコクワを前肢で押さえ込み、肢を齧り始めた。

「ビッグボース！　西から、カブトムシ、クワガタムシ、ハチの大群が向かってきます！」

猛スピードで飛んできた偵察隊のリオックオスが、リオックビッグボスに告げた。

「日ノ本昆虫のトップグループが揃い踏みってわけね。一旦撤収！　タランチュラホークファミリーと合流！」

リオックビッグボスは踵を返し、草むらを踏み潰しながら「河原草地の城」を疾走した。

☆

カブト将軍率いる幕府軍とノコギリ隊、オオスズメ隊が「河原草地の城」の大地に急下降した。

「これは…」

カブト将軍は、カマキリ属の死骸の山を険しい表情で見渡した。

「下品な殺しかたですね」

オオスズメバチ藩主が、冷静な声音で言った。

「でぶくそコオロギの野郎っ、日ノ本で好き放題にやりやがって…」

ノコギリクワガタ藩主が、怒りに触角を震わせた。

「将軍！　南蛮虫の姿が見当たりません！　幕府軍を察知して撤収したと思われます！」

周辺を偵察していたカブト護衛隊長が、カブト将軍に報告した。

「解(げ)せませんね。化け物コオロギが逃げたとは思えません」

オオスズメ藩主が言った。

「どこを見渡してもいねえだろうが！　所詮はコオロギだ。俺らを恐れて逃げたんだよ」

ノコギリ藩主が吐き捨てた。

「そうだといいんですが…」

「将軍！　あれを見てください！」

カブト護衛隊長が、前肢で東の空を指した。黒い塊(かたまり)…リオックファミリーとオオスズメバチより一回り大きなオオベッコウバチ…タランチュラホークファミリーの連合軍だった。

「おいっ、あれはハチじゃねえのか⁉　お前よりでけえぞ！」

ノコギリ藩主が、オオスズメ藩主に驚愕の声で言った。

「あれはタランチュラホークです。南蛮には、鳥を食するヒキガエルほどの大きなクモがいます。タランチュラホークはその化け物グモを専門に狩り、卵を産みつけ幼虫を育てています」

オオスズメ藩主の説明に、各藩虫達がどよめいた。

「先陣は、我らムシヒキアブ連合隊に任せてくれ！」

シオヤアブ藩主がオオスズメ藩主に言った。

「そんなクソバエに先陣切らせてどうすんだ⁉」

ノコギリ藩主が体液相を変えてオオスズメ藩主に詰め寄った。

「シオヤアブ藩主は、私達オオスズメバチより飛翔速度も飛翔技術も遥かに上です。コガタスズメバチやモンスズメバチが、シオヤアブに狩られることは珍しくありません。それに、キイロスズメバチ隊を合流させます。キイロスズメバチ隊は、オオスズメ隊に匹敵するほど凶暴で攻撃的なので。いいですか？」

「よかろう。お前の好きにすればいい」

オオスズメ藩主とノコギリ藩主のやり取りを静観していたカブト将軍が口を挟んだ。

「シオヤアブ藩主。キイロスズメ隊とともに先陣を切ってください」

「任せろ！　南蛮バチなんぞ、全滅させてくれるわ！　皆の虫っ、行くぞ！」

シオヤアブ藩主がムシヒキアブ連合隊に命じると、真っ先に飛び立った。三十ミリ近い大型で凶暴なムシヒキアブの精鋭虫が物凄い速さで飛翔した。

「我がカブト護衛隊、ノコギリ隊、オオカマ隊は飛翔速度が遅いリオック隊を殲滅（せんめつ）するぞ！」

カブト将軍が重厚な翅音を立てて飛び立った。

「俺様に命令するんじゃねえ！」

怒声を飛ばしながら、ノコギリ藩主がカブト護衛隊のあとに続いた。

「恐れるな！　南蛮バチはでかいだけで、飛翔速度と技術は俺らが上だ！」

シオヤアブ藩主が、背後のムシヒキアブ連合軍に命じた。

「アブ如きに肢柄を渡すか！　皆の虫！　南蛮虫の頭部を取って取って取りまくれー！」

キイロスズメバチ隊長の号令とともに、オオスズメ隊を凌ぐとも言われる凶暴集団がタランチュラホーク軍に向かって飛んだ。

「おらっ、でくの坊、お前の括れた腹を噛みちぎってやる！」

トラフムシヒキ隊長が、自身の三倍ほどの大きさはあるタランチュラホークに突進した。

「私に勝つつもりか？　メジャーとマイナーの力の違いを見せつけてやるよ！」

タランチュラホークが捕らえにかかった瞬間、複眼の前からトラフムシヒキ隊長が消えた。

フェイント攻撃…トラフムシヒキ隊長は複眼にも留まらぬ俊敏な動きで、タランチュラホークの背部を捕らえた。

「口ほどにもない南蛮でくの坊だぜ！　死骸になれや！」

トラフムシヒキ隊長が口吻を刺そうとしたとき、腹部に激痛が走った。変幻自在に曲がるタランチュラホークの腹部の先…毒針がトラフムシヒキ隊長の後肢の付け根に刺さっていた。

「か、身体が…」

トラフムシヒキ隊長は、タランチュラホークの背部を掴むことができずに落下した。

「お楽しみはこれからだ！」

タランチュラホークがトラフムシヒキ隊長を宙で捕まえ、頭部と胸部の境目を強靭な大顎で咬んだ。あっさりと切断されたトラフムシヒキ隊長の頭部が落下して地面に転がった。

「図体はでかいが、アリみたいな身体で弱そうな野郎だ！」

キイロスズメ隊長が八十ミリはありそうなタランチュラホークに狙いを定めた。

「カモーン！　ジャパニーズフライ！」

タランチュラホークが浮遊し、キイロスズメ隊長を挑発した。

「ナメやがって！」

キイロスズメ隊長が正面からタランチュラホークに突進した…身体に比べて小さめの頭部を、擦れ違いざまに噛み潰すつもりだった。

五センチ、四センチ、三センチ、二センチ…キイロスズメ隊長の複眼の前に、毒針が現れた。

浮遊飛びしているタランチュラホークが腹部を前に折り曲げ、キイロスズメ隊長の頭部の付け根に毒針を刺した。一瞬にして全身が硬直し、キイロスズメ隊長が落下した。

「キイロスズメ隊長！　大丈夫か⁉」

コガタスズメバチ隊長が、硬くなったキイロスズメ隊長の身体を揺さぶった。

「腹部も自らの大顎につくほど曲がるのか…」

オオスズメ藩主は討ち死にしたキイロスズメ隊長には複眼もくれずに空を見上げ、ムシヒキアブ連合隊とキイロスズメ隊を圧倒するタランチュラホークファミリーを観察していた。

隊長を失ったトラフムシヒキアブ隊とキイロスズメ隊は戦意を喪失し、タランチュラホークファミリーに次々と寿命を奪われた。

「オオスズメ藩主！　我が隊も戦闘に参加しキイロスズメ隊を援護します！」

「我が隊も行きます！」

コガタスズメ隊長とモンスズメバチ隊長が志願した。

「まだだ。君達が寿命を賭けるのはいまじゃない。いまは異国の敵の戦闘力と戦術を分析するのが先決だ。その犠牲は君達ではなく、シオヤアブ藩主が負ってくれる」

「では、援護に向かわないんですか⁉」

「タランチュラホークは狩人バチだ。狩人バチは、獲物を捕まえるための戦闘技術に特化している。君達が援護に向かっても無駄死にするのが落ちだ。いまは静かに戦況を見守りなさい」

オオスズメ藩主は、空を見上げながら言った。

「藩主！　アオメアブ隊長とチャイロオオイシアブ隊長が寿命を奪われました…」

体液相を変えて飛んできたシオヤアブ隊虫が、シオヤアブ藩主に報告した。

「南蛮バチの野郎…大将をぶっ殺してやる！」

熱り立ったシオヤアブ藩主が、上空から指示を出していた百ミリ級のひと際大きなタランチュラホークを目掛けて時速百キロで飛翔した。シオヤアブ藩主の襲撃に気づいたボスタランチュラホークが、寸前のところで身を躱した。的を失ったシオヤアブ藩主が二メートルほど通過したところで、身体の向きをボスタランチュラホークに戻した。

「動体複眼力も並外れてるな」

地上からタランチュラホークの戦闘力を分析するオオスズメ藩主が呟いた。

「俺の疾風攻撃を躱したのは貴様が初めてだ。だが、奇跡は二度続かない」

シオヤアブ藩主がボスタランチュラホークに二度目の疾風攻撃を仕掛け、あっという間に三十センチ圏内に突入した。

「頭部は貰った！」

シオヤアブ藩主が前肢で捕まえにかかった瞬間、ボスタランチュラホークの姿が消えた。

「俺達がレッグスパン三十センチのゴライアスバードイーターを狩れる理由がわかるか？」

シオヤアブ藩主は背中から聞こえてくる声に、弾(はじ)かれたように振り返った。ボスタランチュラホークの顔が複眼の前にあった。

「いつの間に…」

「毎日のようにモンスタータランチュラと寿命賭けの戦いをこなしているうちに、並外れた動体複眼力と反射神経が身についたのさ。日ノ本でどんなに速くても強くても、世界水準からすれば取るに足らないレベルだ。お前のとこのボスを、呼ぶだけの時間は残してやる」

ボスタランチュラホークが毒針を使わずに、いきなり大顎でシオヤアブ藩主の胸部と腹部の境目を大顎で切断した。真っ二つになったシオヤアブ藩主が、狙い澄ましたようにオオスズメ藩主の肢もとに転がった。

「みっともない…姿を…見せて…悪い…な…」

「いえ、シオヤアブ藩主が寿命賭けで戦ってくれたので十分に役に立ちましたよ」

オオスズメ藩主は、空で待ち構えるように浮遊するボスタランチュラホークを見上げながら抑揚のない口調で言った。

「侮る…な…。奴らの…戦闘…力は…規格外…だ…」

「君にはそうでしょう。心配はいらないので、安らかに逝ってください」

オオスズメ藩主はシオヤアブ藩主に複眼を移し、毒針を胸部に突き刺した。

「藩主!」

コガタスズメ隊長が驚きの声を上げた。

「苦しまずに寿命を奪うのも武虫の情けだ。君達は肢手纏(まと)いだから待機してくれ。オオスズメ隊! 日ノ本最強バチが世界最強バチということを見せつけてやろうじゃないか!」

オオスズメ藩主に続き、三千匹を超えるオオスズメ隊が飛び立った。

「ようやくボスの登場か？　たしかにいままでのジャパニーズフライよりは立派なボディをしてるし、戦闘力もありそうだ。そのギャングチックなビジュアルもクールだよ」

三千匹の大軍の先頭で浮遊するオオスズメ藩主に、ボスタランチュラホークが微笑（ほほえ）みかけた。

「君のほうこそ、ただ大きいだけではなく実戦に役立つ均整の取れた身体をしています。この大群を複眼の前にしながら動じない胆力はたいしたものです」

オオスズメ藩主は、ボスタランチュラホークの青緑の複眼を見据えつつ言った。

「お前は一万匹のハエが襲ってきたからって慌てるのか？」

「私達がハエに見えるとは、南蛮のハチは複眼が悪いようですね。私こそ、君のことは巨大な便所バチにしか見えませんがね」

「俺がビッグトイレットフライ？　なかなかユニークなことを言うね。ストーップ！」

ボスタランチュラホークの号令に、タランチュラホークファミリーが攻撃の肢を止めた。

「みんな！　よく聞け！　これから日ノ本のボスとワンオンワン（一対一）で勝負する！　お前らは一切肢を出すんじゃないぞ！　それでいいかな？」

ファミリーに命じたボスタランチュラホークが、オオスズメ藩主に複眼を移した。

「差しの勝負は望むところです。皆の虫！　上空に撤収しろ！」

オオスズメ藩主はオオスズメ隊長に複眼で合図しながら隊虫に命じた。以心伝心…オオスズメ隊長がオオスズメ藩主の意図を理解し小さく頷くと、隊虫を引き連れ遥か上空に撤収した。

「そんなに遠くに行かせて、俺が裏切って総攻撃を仕掛けたらどうする？」

ボスタランチュラホークが試すようにオオスズメ藩主に言った。

「そうなったときは潔く死を受け入れます」

「さすがは日ノ本最強と言われる猛毒バチだな。ならば世界最強の俺の実力を、頭胸腹部に刻んでやるよ！　かかってこい！」

「それでは遠慮なく！」

言い終わらないうちにオオスズメ藩主は、ボスタランチュラホーク目掛けて飛翔した。誘いだということはわかっていたが、飛んで火に入る夏の虫になるつもりはなかった。

「ヘイ！　ギャングフライ！　カモーン！」

ボスタランチュラホークは十センチを切ったときにキイロスズメ隊長を仕留めたのと同じ戦法…腹部を前に折り曲げオオスズメ藩主の頭部に毒針を打ち込むつもりだった。二匹の距離が二十センチを切った。十五センチ、十センチ…。

「キルユーー！」

ボスタランチュラホークがオオスズメ藩主の頭部を狙い、毒針の出た腹部を突き出した。突然オオスズメ藩主が方向転換し、真上に飛翔した。

「皆の虫！　毒霧投下！」

オオスズメ藩主が号令をかけると、上空に撤収していたオオスズメ軍が一斉に毒霧を噴射した。毒霧の雨を浴びたタランチュラホークファミリーの全身が痺れ、次々と地上に落下した。

「ヘイ！　約束を破る気か！」

「侵略虫との約束を本気で守るとでも思ったんですか？」

上空からオオスズメ藩主が、冷笑を浮かべてボスタランチュラホークを見下ろした。

「ただ、君と差しで戦うという約束は守りますよ」

言い終わらないうちに、オオスズメ藩主が急下降した。ボスタランチュラホークも上昇した。

「生意気なギャングフライが！　死ねや！」

二匹の距離が二十センチを切った…ボスタランチュラホークが叫びながら、折り曲げた腹部から毒針を出したままオオスズメ藩主に突進した。

「技の種類が少ないですね。あなたが僕に勝っているのは、クモ狩りだけということを教えてあげますよ」

涼しい顔で言いながらオオスズメ藩主が、擦れ違いざまに毒針を出した腹部を突き出した。互いが相手を仕留めようとした毒針…一瞬早くオオスズメ藩主の毒針が、ボスタランチュラホークの折り曲げた腹部に刺さった。

「うっ…」

ボスタランチュラホークの全身にはあっという間にオオスズメ藩主が注入した毒が回り、飛行が困難になった。ふらふらとしか飛べなくなったボスタランチュラホークの背中にオオスズメ藩主は馬乗りになり、今度は胸部に毒針を打ち込んだ。

「どうです？　狩られる気分は？　所詮君達はクモ限定の狩人バチ、これでお別れです」

オオスズメ藩主は冷え冷えとした口調で言うと、ボスタランチュラホークの触角を前肢で掴み頭部と胸部の境目を大顎で切断した。ボスタランチュラホークの胸部と腹部が落下した。

「皆の虫！　日ノ本に侵略した南蛮虫のタランチュラホークファミリーを征伐したぞ！」

オオスズメ藩主は右の前肢で掴んだボスタランチュラホークの頭部を高々と掲げ、藩虫達の複眼に晒(さら)した。藩虫達の地鳴りのようなどよめきが、「河原草地の城」の空気を震わせた。

「族長、いま頃カブト将軍の生頭部を取ったかな？」

「毒蟲の森」を巡回していたトビズムカデがオオハシリグモに問いかけた。

「族長が相手の身体を残すわけがないだろ？　触角一本残さずに食べ尽くすに決まってるよ」

「そりゃそうだな。まあ、どっちにしてもカブト幕府の領土は毒蟲族が支配したわけだ！」

「これからの日ノ本は毒蟲族の天下だ！　前祝いに、アマガエルでも捕らえて喰らうか…」

二匹が声を弾ませ周囲に複眼を巡らせた。草むらから影が飛び出してきた。飛び出してきた影…体長百ミリを超えるヒキガエルを複眼にしたオオハシリグモが言葉の続きを呑み込んだ。

「カエルはカエルでもヒキガエルか…逃げよう。見つかったら逆に喰われちまうぞ」

トビズムカデが引き返そうとしたとき、地面から飛び出してきたもう一つの大きな影がヒキガエルの前に立ちはだかった。

「あ、あれはなんだ…」

「ば…化け物グモだ…」

二匹の複眼の前には、ヒキガエルより一回り大きな褐色のタランチュラが、二百ミリはありそうな二本の前肢を振り上げ、二十ミリを超える毒牙を剥き出し威嚇体勢を取っていた。食べることしか頭にないヒキガエルは、目の前に現れた大きな餌に舌なめずりをした。

だが、ヒキガエルにはわかっていなかった。タランチュラもまた、単眼の前の肥えたカエルを餌として認識していることを。

「おまん、ずいぶん大きなクモだふ〜。おいどんが喰ってやるだふ〜」

ヒキガエルが捕獲体勢に入った。

「俺様はアフリカからきたキングバブーン様だブーン！」

タランチュラ…キングバブーンの声が地鳴りのように轟き、五十センチは離れた場所にいるトビズムカデとオオハシリグモの身体を震わせた。

「あ、あの化け物グモ、どこからきたって言った？」

「アフリカとかなんとか言ってたな。ところでアフリカってどこだ？」

「俺が知るわけないだろ…。それにしても、日ノ本で一番大きなクモはお前じゃないのか？」

「あれは日ノ本のクモじゃない…」

オオハシリグモが掠れた声で言った。

「キングかコングか知らないだふけど、食べ応えがありそうだふ〜！」

ヒキガエルの舌が複眼にも留まらぬ速さで飛び出し、キングバブーンの前肢に絡みついた。

「おいどんの口の中にいらっしゃいだふ…あら！」

「貴様がくるブーン！」

ヒキガエルの巨体が宙に浮き、キングバブーンのほうに引き寄せられた。二本の前肢でヒキガエルをガッチリと捉えたキングバブーンは、腹に二本の毒牙を突き立てた。ヒキガエルは暴れたが、ビクともしなかった。毒牙から注入した毒液が回り、ヒキガエルの動きが止まった。

「おい…見たか？　あのでかいヒキガエルが簡単に力負けして喰われてるぞ…」

トビズムカデの顔が凍てついた。

「族長に報せなきゃ…とりあえず、逃げる…」

オオハシリグモの顔も凍てついていた。

「チビグモにチビムカデ、どこに行くんだ？」

草むらから出てきたのは、キングバブーンよりさらに大きな、体長百五十ミリ、肢の長さが三百ミリの濃褐色の超巨大タランチュラだった。

「ブエナース　タルデース！　俺はベネズエラからきた世界一巨大なタランチュラ、ゴライアスバードイーターだ。小腹が空いたから、俺の餌になって貰うぞ」

言い終わらないうちにゴライアスバードイーターが後肢で腹部を掻き毟ると、大量の毒毛が飛散してトビズムカデとオオハシリグモの身体に纏わりついた。

「あいつ、毛を飛ばしやがった！」

「毛だって⁉　なんだあいつ⁉　毛を飛ばすのが必殺技なんて、たいしたこと…うぁ…」

突然、トビズムカデの全身が火をつけられたように熱くなった。

「おい、急にどうした…おあっちっち！」

オオハシリグモの全身にも焼けただれるような激痛が走った。

「島国の毒蟲どもは馬鹿だな。俺の毒毛は身体に触れただけで毒が回り死に至る」

ゴライアスバードイーターが高笑いしながら、巨体からは想像のつかない速さで迫ってきた。

トビズムカデとオオハシリグモは一瞬で捕まり、あっという間に体液を吸われた。

☆

「族長…これは…」

タイワンオオムカデ新隊長が、そこここに散らばるムカデ族の死骸に酸素を呑んだ。

「くそったれが…我がの王国で好き放題やりやがって…南蛮のクソ虫どもが！　ワレら、どこにおるんじゃい！　出てこんかい！」

ハブムカデ族長が仁王立ちになり、頭部を巡らせながら野太い声で叫んだ。樹上から降ってきた巨大な影が、タイワンオオムカデ新隊長の身体にぶつかった。

「なんだお前…」

体液色ばみかけたタイワンオオムカデ新隊長の頭部が地面に落ちた。

「日ノ本のムカデは弱え（よえ）な」

影…体長八十ミリ、肢の長さ二百ミリの、黒と黄のストライプ模様の巨大なタランチュラが小馬鹿にしたように言いながら、タイワンオオムカデ族を見渡した。

「日ノ本最強のムカデ軍団の俺らが弱い…」

熱り（いき）立つタイワンオオムカデ副隊長の単眼界から、ストライプ模様のタランチュラが消えた。

「弱えだけじゃなく、動きものろい」

ストライプ模様のタランチュラは言うと、タイワンオオムカデ副隊長の背部に毒牙を立てた。

瞬時に、タイワンオオムカデ副隊長の胴体が真っ二つに切断された。

「ワレが南蛮グモの大将かい！　ちょろちょろ逃げ回っとらんで我がと勝負せんかい！」

ハブムカデ族長がストライプ模様のタランチュラを見下ろし怒声を浴びせた。

「俺はマレーシアからきたマレーシアンアースタイガーだ！　それから俺はボスじゃねえ！　ナンバー3だ。でもよ、図体がでけえだけの島国のチキンムカデくれえは秒殺できるぜ」

「誰がチキンムカデや！　おう、南蛮グモ！　ワレ、雑魚ムカデを殺したくらいでなに偉そうにしとんねん！　そないに寿命を奪われたいんやったら、望み通りにバラバラにしたるで！」

「笑わせんな！　世界は広いっつうことを教えてやるぜ！」

アースタイガーの姿が、ハブムカデ族長の複眼界から消えた。

「ワレは姿消すことしか……」

ハブムカデ族長の背部を取ったアースタイガーが巨体をよじ登った。

「どうした？　島国の大将！　こんなに簡単に背部を取られちまったぜ？」

「族長が背部を取られるなんて、信じられないっち……。族長がやられたら、おいらたちはどうしたらいいっち……」

朽ち木の隙間から頭部を出したゲジゲジが、自らに言い聞かせるように一匹ごちた。

「俺の毒の強さは半端ないぜ。おめえが島国の裸の王様っつうことを思い知らせてやるぜ！」

アースタイガーがハブムカデ族長の第十体節に毒牙を突き立てた。アースタイガーの二本の毒牙のうちの、一本が折れた。

「どないした？　ワレの毒は強くても、牙は小枝みてえに脆いんやな」

ハブムカデ族長が、小馬鹿にしたように笑った。

「ムカデの背中が、こんなに硬いわけねえ…」

「我がの体皮を、南蛮グモのカエルの卵みてえな体皮と一緒にするんじゃねえぞ！　いつまで、くっついとるんやボケ！」

　ハブムカデ族長が巨体を振ると、アースタイガーが吹き飛び樹木の幹に衝突した。地面に投げ出されたアースタイガーに、ハブムカデ族長が蛇のように身体をくねらせつつ襲いかかった。

　三十センチ、二十センチ、十センチ…五センチを切ったところでアースタイガーが消え、ハブムカデ族長は樹木にぶつかった。秒速でアースタイガーは木の上に移動していた。

　頭上から降ってきたアースタイガーが、ハブムカデ族長の頭部を毒牙で狙った。

「ワレも懲りんやっちゃな！　もう一本の牙も折られたいんか！」

「舐めんじゃねえぞ、でくの坊！」

　アースタイガーがハブムカデ族長の右の触角を毒牙で切断した。

「てめえの触角は、バッタの肢みてえに簡単にちょん切れるんだな。これで敵の臭いと振動を察知する能力が半減したな。もう一本もちょん切ってやるぜ。そしたら触角がねえてめえは、俺の攻撃を躱すことができねえ」

　素速く樹上に戻ったアースタイガーが、お返しとばかりにハブムカデ族長を嘲笑った。

「ワレ…我がの身体に傷をつけて、ただで済むと思うとんかい？　おおぉ!?」

「でくの坊！　髭一本喰いちぎられて嗅覚も察知力も半減してんのに、強がるんじゃねえぞ。いまから残りの髭ももじゃもじゃの肢も全部喰いちぎって、ミミズみてえにしてやるぜ！」

「おい、南蛮グモ！　木の上に登れるのはワレだけや思うとるんか？　戦闘力が半減やと？　我がをそこらの雑魚ムカデと一緒にすな！　我がには、単眼力があるんや！」

ハブムカデ族長が鬼の形相で怒声を浴びせ、物凄いスピードで樹木を登った。

「樹上で俺に勝てると思ってんのか！」

アースタイガーが、ハブムカデ族長を上回るスピードで駆け下りてきた。

「あたりまえや、ボケ！　ワレ如きが我がに勝てると思うとるんかい！」

「てめえくらいのサイズのムカデは、世界にはゴロゴロいる。たかだか体長四百ミリ程度で、俺がビビってるとでも思ってんのか⁉」

互いの距離が二十センチを切ったとき、アースタイガーが跳んだ…ハブムカデ族長の右の単眼を毒牙で狙い下降した。

「単眼を潰せば、てめえは終わりだ！」

「同じ肢が何度も通用するかボケ！」

ハブムカデ族長が振り上げた曳航肢(えいこうし)を、アースタイガー目掛けて鞭のようにしならせた。想定外の攻撃を、アースタイガーは避けきれなかった。

ハブムカデ族長の曳航肢が、アースタイガーに命中した。アースタイガーの腹部が破裂し、体液を撒き散らしながら落下した。

「なんや？　もう終わりかい？　肢応えのないやっちゃな」

ハブムカデ族長が、樹上から瀕死のアースタイガーを見下ろし嘲笑った。

「てめえを…少し…甘く…見ていたようだ…。だがよ…ナンバー3…の俺程度…に肢こずってるようじゃ…ボスやサブボスにゃ勝てはしねえ…」

「体液塗(まみ)れの萎(しぼ)んだクモが、なにイキっとんねん！　ワレら、喰ってもええで」

ハブムカデ族長が命じると、五匹のタイワンムカデが、瀕死のアースタイガーに群がった。

「まずそうな柄した南蛮グモだな。族長の命令だから喰ってやるから感謝…」

タイワンムカデの複眼の前から、アースタイガーが消えた…薮に引き摺り込まれた。

五匹のタイワンムカデが、警戒しながら薮に近づいた。

「ん？　ヒキガエルか？」

「デブガエル！　隠れてねえで出てこい…」

五匹のタイワンムカデが、あっという間に薮の中に引き摺り込まれた。ほどなくして、薮から切断されたタイワンムカデの胴体が次々と投げ捨てられた。

「誰や!?　出てこんかい！」

ハブムカデ族長が怒声を上げると、薮から黒い影が現れた。黒光りした外骨格、二本の鋏、鞭のような尾の先の毒針…ハブムカデ族長と同じほどの、巨体のサソリが仁王立ちした。

「ジャンボー！　俺様はアフリカからきたダイオウサソリだ。タランチュラを倒したくらいで、いい気になるな。俺様が相手になってやる。ジャンボー！」

ダイオウサソリが、巨大な鋏を振り上げハブムカデ族長に宣戦布告した。

☆

「藩主！　リオックです！」

イナゴの声に、トノサマバッタ藩主とオオカマキリ藩主の肢が止まった。二メートルほど離れたクコの繁みに、茶色の影が動いた。

「隠れてないで、出てきなさい！」

トノサマバッタ藩主が命じると、クコの繁みから体長百ミリのオスのリオックボスが現れた。

「別に、隠れていたわけじゃねえし」

「あなた、一匹だけなの⁉」

「糞をしていたらハグレちまってな。まあ、日ノ本のしょぼい昆虫なんて俺一匹で十分だ」

リオックボスが、トノサマバッタ藩主を小馬鹿にしたように言った。

「この怪物コオロギは、あたいの獲物よ！」

オオカマ藩主が、トノサマバッタ藩主の隣に並んだ。

「ここは私に任せて。同じバッタ目として、見過ごせないわ」

トノサマバッタ藩主がオオカマ藩主を右の前肢で制し、リオックボスの前に歩み出た。

「おいおい、雑魚が揃ってなに勝手なこと言ってやがる。獲物は俺じゃなくて、お前らだよ」

リオックボスがニヤつきながら言った。

「わかったわ。あたいは、こいつらのボスの寿命を奪うから！」

オオカマ藩主の声を、けたたましい笑い声が掻き消した。

「笑わせんな！　お前みたいな弱っちい昆虫が、ビッグボース！　に勝てると思ってんのか⁉　ビッグボース！　は百五十ミリもあるんだぞ？　お前なんて、触角に触れることも……」

「あなたの相手は私よ！　よそ見してるんじゃないわよ！」

トノサマバッタ藩主が、リオックボス目掛けて跳んだ。寸前のところでリオックボスは横に跳んで躱(かわ)したが、トノサマバッタ藩主の後肢(こうし)の棘(とげ)が掠(かす)り前翅(ぜんし)が破れた。

「私の蹴りを甘く見たようね」

「翅(はね)を傷つけたくらいで、調子に乗るんじゃねえぞ！」

「次は頭部を蹴り裂いてやるわ！」

トノサマバッタ藩主が跳躍し、右後肢の蹴りをリオックボスの頭部に放った。

「同じ肢が通用すると思うな！」

リオックボスがトノサマバッタ藩主の右後肢を、関節から噛みちぎった。

「いま助けるわ！」

「こないでちょうだい！　まだ左の後肢があるわ！」

救出しようとするオオカマ藩主を制し、トノサマバッタ藩主が片肢だけで跳躍した。

「そんなに死にてえなら、喰い殺してやるよ！」

リオックボスは棘々の前肢でトノサマバッタ藩主を捕らえ、地面に押さえつけると頭部からムシャムシャ喰い始めた。

「あたいが相手…」

「逃げて！　あなたまで死んだらだめよ！　生きて将軍様を守るのよ！」

オオカマ藩主に、頭部の三分の一を齧（かじ）られたトノサマバッタ藩主が訴えた。

「あなたを見殺しにできないわ！」

「私の死を…無駄に…無駄にしないで！　生きて…生きるのよ！」

寿命懸けで訴えるトノサマバッタ藩主の思いが、オオカマ藩主の胸部に届いた。

「必ず、あなたの仇（かたき）を討つから！」

複眼から体液を流しながら、オオカマ藩主は駆け出した。

「将軍様…お力になれず…申し訳…」

「気が散るから、ごやごちゃ喋るんじゃねえ！」

リオックボスが、トノサマバッタ藩主の大顎を喰いちぎった。

「手間かけさせやがって。やっと静かに喰えるぜ」

リオックボスが吐き捨て、トノサマバッタ藩主の残りの頭部をバリバリと喰らい始めた。

「なかなかの喰いごたえだったぜ。こいつが日ノ本バッタ界のボスなんて笑っちまうな」

リオックボスはトノサマバッタ藩主の喰らい滓を見下ろし嘲った。

「副藩主！　あれを……」

クワガタ藩のミヤマクワガタが、二メートル先のリオックボスを右前肢で爪指した。

「奴がリオックか」

ヒラタクワガタ副藩主が呟いた。ヒラタ副藩主は、ヒラタ隊、ミヤマ隊、オオクワガタ隊、コクワガタ隊の六十匹の隊虫を率いていた。クワガタ藩の藩主はノコギリクワガタだが、藩虫達はオオクワ前藩主を追い落としたやりかたに反発し、ヒラタ副藩主についていた。

「はい。あの南蛮コオロギがウチの隊長の寿命を奪ったんです！」

ミヤマが、怒りに震える声で言った。

「あ！　自分だけずるいっすよ！」

「バッタを喰ったんすか⁉」

トノサマバッタ藩主の寿命を奪ったリオックボスに、五十匹のリオックオスが寄ってきた。

「なんだおめえら、どうしてここにいるんだ？　メス隊とはぐれたのか？」

リオックボスがファミリーを見渡しながら訊ねた。

「はぐれたんじゃないっすよ。ボスがいなくなったから、俺ら、探しにきたんすよ」

「なんだと⁉　じゃあ、ビッグボスの許可なしで動いたのか⁉」

リオックボスの顔が強張った。

「ボスを探さなきゃと思って…まずかったすか？」

「馬鹿野郎が！　こんなのビッグボスにバレちまったら、皆殺しにされちまうぞ！」

リオックボスは慌てふためき叫んだ。

「奴ら、五十匹はいますよ。どうしますか？」

草薮に身を潜めたコクワがヒラタ副藩主に訊ねた。

「こっちは六十匹だ。恐れることはない。南蛮の化け物コオロギを討伐するぞ！」

ヒラタ副藩主は藩虫に号令をかけた。

「ボス！　クワガタの大軍が襲いかかってきましたぜ！」

リオックオスが、草薮から飛び出してきたクワガタ連合隊を前肢で爪指した。

「我が国を侵略する南蛮の害虫を、俺らが征伐してやる！」

「笑わせんな！　六、七十ミリのお前らが、インドネシアの悪魔と恐れられるリオックファミリーに勝てるとでも思ってんのか⁉」

リオックボスに続いて、リオックオス達の爆笑が沸き起こった。

「戦闘昆虫の誇りに懸けて、お前らの頭部を討ち取ってやるから覚悟しろ！」

「やってみろや！　お前らの大顎を噛み切ってフンコロガシみてえにしてやるからよ！」

ヒラタ副藩主は低い体勢で突っ込んだ…リオックボスの柔らかい腹部を狙った。体高の低いヒラタクワガタは、相手の腹部に潜り込む戦法が得意だった。

リオックボスの大顎が、ヒラタ副藩主の右の大顎を捕らえた。ヒラタ副藩主の前進する六肢が止まった。力は想像以上に強く、ヒラタ副藩主は一歩も肢を出すことができなかった。

リオックボスが頭部を振ると、ヒラタ副藩主が三十センチほど後方に飛んだ。

「なんだ？　日ノ本クワガタ最強と言われているお前の力は、こんなもんか？　オスの俺に簡単にぶん投げられてるようじゃ、ウチのメスの前では三十秒以内に寿命を奪われるだろうな。それじゃ、今度は止めを刺すとするぜ！」

リオックボスが方向を変え、ヒラタ副藩主に突進した…ふたたび、リオックボスの大顎がヒラタ副藩主の右の大顎を捕らえた。頑丈なヒラタ副藩主の大顎でも、同じ場所にこれ以上ダメージが加わると折れる可能性があった。

「地面に叩きつけてバラバラにしてやるぜ！」

リオックボスがヒラタ副藩主を持ち上げようとした。

「同じ肢が、何度も通用すると思ってるのか！」

ヒラタ副藩主は六肢の爪を地面に食い込ませ、渾身の力で頭部を撥ね上げた。リオックボスの巨体が後方に飛んだ…と思ったが、大顎を離さなかった。着地したリオックボスは、激しく頭部を上下に動かした。ボキッという音とともに、ヒラタ副藩主の右の大顎が根元から折れた。

「残るほうも折って、メスにしてやるぜ！」

「大顎一本でも、お前如きの寿命を奪うには十分！」

ヒラタ副藩主は、襲いかかってくるリオックボスに向かって跳躍した。リオックボスの腹部を、ヒラタ副藩主の左の大顎が貫いた。

「て、てめえ…」

リオックボスの小顎から、茶色の体液が噴き出した。

「戦闘昆虫を舐めるなと言ったろう！」

ヒラタ副藩主は叫び、リオックボスを投げ飛ばした。

「これで…リオックファミリーに…勝ったと…思うなよ…」

地面に放り出されたリオックボスが六肢を痙攣させ、捨て台詞を残し事切れた。

「弱っちいオスにしては、頑張ったほうじゃない？」

ヒラタ副藩主の背後から声が聞こえた。振り返ったヒラタ副藩主の複眼の先…リオックボスより一回り以上大きなリオックが、左の前肢にオオクワガタ、右の前肢にミヤマクワガタを抱え薄笑いを浮かべていた。二匹とも、大顎を根元から折られていた。

「お前がリオックの…」

「ビッグボース！」

ヒラタ副藩主の言葉を、巨大リオックが大声で遮った。ヒラタ副藩主は、ビッグボスの想像を絶する迫力と巨大さに圧倒された。

「どうしたの？　あたいを複眼の前にしてビビった？」

「ふざけるな。甲虫の俺が、図体のでかいだけのコオロギを恐れるわけがないだろう？」

ヒラタ副藩主は、ビッグボスから複眼を逸らさずに言った。ヒラタ副藩主に、恐怖心がないと言えば嘘になる。だが、恐怖よりも戦闘昆虫としての誇りのほうが勝っていた。

「強がらずに、周りを見てごらん」

ヒラタ副藩主は複眼を巡らせた。百匹のリオックメスが、ミヤマクワガタとコクワガタを一方的に殺戮していた。さすがにオオクワガタとヒラタクワガタ相手には一方的とはいかなかったが、それでも七対三でリオックメスファミリーが優勢だった。

「勝ち誇るのは、最強のクワガタである俺を倒してから言え！」

ヒラタ副藩主は、低い体勢でビッグボスに突っ込んだ。

「踏み潰してあげるわ！」

ビッグボスが太く棘々の前肢で押さえつけようとした瞬間、ヒラタ副藩主が飛んだ。まさか飛ぶとは思わずに虚を衝かれ動きが止まったビッグボスの胸部を目掛けて、ヒラタ副藩主は突っ込んだ…左の大顎で、背脈管（心臓）を貫くつもりだった。

「あんたの狙いなんてお見通しよ！」

ビッグボスが、ヒラタ副藩主を右の前肢ではたいた。ヒラタ副藩主は、まるで軽量級のカナブンのように地面に叩き落とされた。ヒラタ副藩主の頭胸胴部に、物凄い衝撃が走った。

「弱い弱い、呆れるほど弱い。あんたが、日ノ本最強のクワガタなんて笑っちゃうわね」

仰向けに引っ繰り返るヒラタ副藩主を前肢で踏みつけながら、ビッグボスが嘲笑った。

「まだ…勝負は終わっちゃ…」

「その通りよ。いま、終わらせてあげる！」

ビッグボスは、ヒラタ副藩主の六肢を付け根から喰いちぎった。

「かわいそうに。石ころみたいになったわね。責任は取ってあげるから、安心していいわよ」

ビッグボスが高笑いしながらヒラタ副藩主を前肢で押さえつけ、外骨格の硬さを物ともせずに、上翅や腹部をバリバリと音を立てて噛み砕き始めた。

「生きたまま食べられるのはどんな気持ちだい？　日ノ本のひ弱な肉食昆虫じゃ、あんたらを生きたまま食べることは無理だけど、あたいにとっちゃどうってことない硬さだよ。世界にはね、岩に叩きつけても傷一つつかない頑丈な外骨格を持つ甲虫がごろごろしてるんだよ」

ビッグボスが嘲りながら、ヒラタ副藩主を噛み砕き続けた。ビッグボスの咀嚼（そしゃく）のスピードは凄まじく、ヒラタ副藩主の身体は半分から下を喰われていた。

「日ノ本の…昆虫は…こんなものじゃない…。必ず…お前らを征伐してくれる…」

胸部と胴部を喰い尽くされたところで、ヒラタ副藩主が事切れた。

「生命力のしぶとさだけは認めてあげるわ」

ビッグボスはヒラタ副藩主を完食すると、あたりを見渡した。クワガタ連合隊は四十匹が寿命を奪われ、二十匹が逃走していた。

「ビッグボース！　次はカブト隊を襲撃しますか？」

サブボスが伺いを立ててきた。

「まだ寿命を奪う相手がいるでしょ？　使えないチビ雑魚どもが！」

ビッグボスは、二十匹のリオックオスの残党に複眼をやった。

「Siap（了解です）！」

サブボスが号令をかけると、リオックメスファミリーがリオックオスの残党に襲いかかり喰い殺し始めた。

☆

「底なし沼」…コオイムシ隊長が、岩の上で甲羅干しをしていた。

「おい、親方様は？」

一メートル先の湿地から、タイコウチ副藩主が声をかけてきた。

「あ、タイコウチの旦那。親方様は今、マムシを捕まえようとしているところです」

「そうか。さっき、オニヤンマ藩主が現れて、南蛮虫が襲撃してきたから援護を頼むなんて言いやがった。親方様の耳に入れるまでもねえが、万が一のことがあっちゃいけねえからな」

「外国の虫が、どうして日ノ本を襲撃するんすか⁉」

「領土を広げるために決まってるじゃねえか！　オニヤンマ藩主が言うには、カマキリやクワガタをバリバリ喰らうコオロギや、オオスズメバチよりでかいハチがいるそうだ。信じられないような虫が揃って…うあっ…」

　タイコウチ副藩主の背部に、激痛が走った。

「誰だっ⁉　背後から不意打ちを仕掛けやがったのは…」

　体液相を変えて振り返ったタイコウチ副藩主は、複眼に映る異様な虫に言葉を失った。

　クリーム色の細長い腹部、細長い八本の歩肢(ふし)、さらに長い二本の触肢(しょくし)、二つに割れた頭部、縦横に動く四つの牙…複眼の前の異様な姿形の虫は、アシダカグモに似ているが違った。

「◎×▼§□Σ△Ψ◆！」

　不気味な虫が、触肢をゆらゆらとさせながらなにかを叫んだ。

「は⁉　お前、なにを言ってるんだ⁉」

「◎β▼η×π□ω◇φ！」

　不気味な虫がゆらゆらとさせた触肢で、タイコウチ副藩主の鎌肢(かまあし)に触れた。

「なんだ、気持ちわりいな！　そんなひょろい肢で俺を…」

　タイコウチ副藩主の身体が浮き、あっという間に不気味な虫に引き寄せられた。

「ゲェッヒッヒッヒッ〜。喰う前に、わしの名前を教えてやるけぇ〜。わしは、エジプトのヒヨケムシじゃけぇ〜」

ヒヨケムシは言いながら、タイコウチ副藩主の身体を押さえつけた。タイコウチ副藩主は逃れようとしたが、ビクともしなかった。

「じゃあ、いまからおみゃあを喰うけぇ～」

「な…なんなんだ…あの気持ち悪い虫は…」

コオイムシ隊長は、複眼の前で繰り広げられている光景に言葉を失った。防戦一方のタイコウチ副藩主の姿が、コオイムシ隊長には信じられなかった。

「ゲエヒッヒッヒ～。おみゃあをグヂャグヂャに噛み砕いて喰ってやるけぇ～」

ヒヨケムシの四つの牙の動きが速くなった。タイコウチ副藩主の腹部は、あっという間に体液塗れになった。

「お前如きに俺が負けるわけが…」

タイコウチ副藩主は反撃を試みたが、ヒヨケムシの細長い歩肢が絡みつき動けなかった。ヒヨケムシの口から分泌された消化液が、タイコウチ副藩主の身体を痺(しび)れさせていた。

「ギャヒギャヒギャヒッヒ～。おみゃあの身体がどんどんグヂャグヂャになっとるけぇ～」

「こんな虫に…寿命を奪われるなんて…親方様…申し訳…ありま…せん…」

「お、お、親方様に報せなきゃ…」

コオイムシ隊長は沼に飛び込んだ。

二メートル先で、タガメ藩主が水藻に後肢で掴まりマムシの血液を吸っていた。マムシはぐったりとし、既に寿命を奪われていた。

「親方様！　大変です！　タイコウチ副藩主が陸地で喰われて寿命を奪われました！」

「なんだと⁉」

　タガメ藩主がマムシを放り捨て、コオイムシ隊長に顔を向けた。

「外国からきたヒヨケムシとかいう気持ち悪い虫に…」

　コオイムシ隊長が言い終わらないうちに、タガメ藩主は泳ぎ始めた。いかなる虫であろうとも、縄張りを荒らす不届き虫を生きて帰すわけにはいかなかった。

　陸地に上がったタガメ藩主は、タイコウチ副藩主を喰らう異様な虫に複眼を凝らした。

「ウケッケッケッケッケッケェ～！　おみゃあがボスか？」

「貴様、俺様の縄張りで狼藉を働き、生きて帰れると思ってるのか？」

「おみゃあこそ、わしにグヂュグヂュにされて喰われるとわかっとるけぇ～？」

「貴様みたいな雑魚を相手にしている暇はない。寿命を奪ってやるから、かかってこい」

「ムケッケッケッケッケッケェ～！　じゃあ、遠慮なくいただきます、するけぇ～」

　ヒヨケムシが触肢をゆらゆらとさせながら、ゆっくりとした肢取りでタガメ藩主に近づいた。

ヒヨケムシが、触肢でタガメ藩主の右鎌肢に触れた。

「飛んで火に入るなんちゃらってやつ…うぁっ！」

　タガメ藩主の右鎌肢に激痛が走った。ヒヨケムシが右鎌肢に咬みつき、四つの牙を縦横に動かし咀嚼していた。

「離れんか！」

　タガメ藩主は右鎌肢を振り回した。信じられないことに、ヒヨケムシは四つの牙で喰らいつきぶら下がったまま、タガメ藩主の鎌肢を離さず、咀嚼を続けていた。ヒヨケムシの、二つのらっきょうがくっついたような頭部が、咀嚼するたびに開いたり閉じたりするのを見て、タガメ藩主の甲羅に冷や体液が流れた。

「貴様如きの奇虫は、水中の王の敵ではない！」

タガメ藩主は怒声を浴びせ、右鎌肢を渾身の力で引いた。ぶちっという音とともに、ヒヨケムシの身体がちぎれた。

「なにっ…」

タガメ藩主は絶句した。信じられないことに、頭部だけになったヒヨケムシが右鎌肢に喰らいついたまま、四つの牙を縦横に動かしていた。

「いい加減に離れんかー！」

タガメ藩主は近くにあった石に、右鎌肢を叩きつけた。ヒヨケムシの潰れた頭部が地面に転げ落ちた。タガメ藩主の右鎌肢は、ヒヨケムシに齧られ緑の体液が滲み出していた。

「ゲェヒゲエヒゲェヒゲェヒッケッケッケッー！」

驚いたことに、潰れた頭部だけになったヒヨケムシがけたたましい声で笑っていた。

「南蛮虫連合軍には…わしより…遥かに強い虫が…揃っとるけぇ…ブヒャヒャ…ゲボァ…」

ヒヨケムシが高笑いの途中で、口から茶褐色の体液を吐いて事切れた。タガメ藩主はヒヨケムシの頭部を見下ろし、気門から長い二酸化炭素を吐き出した。信じられないほどの生命力を持つ虫だった。

「親方様！」

「大丈夫ですか⁉」

「ギギッ、ギギギギーッ⁉」

コオイムシ隊長からヒヨケムシの襲撃を知らされた二百匹のタガメ護衛隊、百匹のタイコウチ隊、三百匹のゲンゴロウ幼虫隊が沼の岸辺に集まった。

「護衛隊は俺様についてこい！　お前らは『底なし沼』をしっかり守れ！」

タガメ藩主はタイコウチ隊、ゲンゴロウ幼虫隊に命じた。

「親方様…いったい、どちらへ？」

タガメ護衛隊長がタガメ藩主に訊ねた。

「カブト幕府を襲撃している、南蛮虫という不届き虫を討伐に行く！」

「俺ら水生昆虫が、陸生昆虫の大将の加勢に行くんですか⁉　カブト幕府が壊滅したほうが、水生昆虫の天下に…」

「馬鹿虫が！　陸生昆虫どもがやられたら、次は水生昆虫が標的になるのがわからんのか！　さっきのヒヨケムシとかいう雑魚と差しの勝負で、タイコウチ副藩主が寿命を奪われた。日ノ本に攻め込んできた南蛮虫達は、ヒヨケムシより遥かに戦闘力が高いらしい。南蛮虫連合に襲撃されたら、我ら水生昆虫だけでは太刀打ちできん。いまは、カブト幕府と呉越同舟して南蛮虫を撃退するのが先決だ。日ノ本の覇権争いは、それからでも遅くはない。さあ、皆の虫！　南蛮虫を撃退に『河原草地の城』に出陣するぞ！」

タガメ藩主が飛び立つと、護衛隊があとに続いた。

ハブムカデ族長と互角の巨体を持つダイオウサソリに、ムカデ隊の面々は驚愕した。

「なんや、けったいな黒ザリガニやな？」

ハブムカデ族長の嘲笑が、「毒蟲（どくむし）の森」に響き渡った。

「てめえこそ、太ったヤスデみたいだな？　糞でも詰まってんのか？」

今度は、巨大ダイオウサソリが嘲笑した。日ノ本（ひのもと）とアフリカの巨大毒蟲のボス同士が対峙し、それぞれの背後にはタイワンムカデ隊とダイオウサソリ軍団が臨戦態勢を取っていた。

「でかいだけで我がを倒せるっちゅう勘違いをしとるワレに、思い知らせたらなあかんな」

「その言葉、てめえにそっくり返すぜ。世界には、ペルビアンジャイアントセンチピードっていう六百ミリのオオムカデがいる。奴に比べれば、てめえなんぞ大したことはない。上には上がいるってことを、教えてやるぜ！　てめえ、俺様とタイマンで勝負する度胸はあるのか？」

「ワレのほうこそ、手下の前やからゆうて格好つけんほうがええで。地面に這いつくばって、我がの曳航肢（えいこうし）を舐めるっちゅうなら寿命だけは残してやってもええで」

「八つ裂きにされねえと、わからないようだな。どこからでも、かかってこいや！」

巨大ダイオウサソリが、鋏（はさみ）を振り上げた。

「た、大変なことになったっちよ…」

朽ち木の隙間に身を潜めたゲジゲジが、二メートル先で対峙する一触即発のハブムカデ族長と巨大ダイオウサソリを固唾(かたず)を呑んで見守っていた。

「ほな、遠慮のう行くで！」

ハブムカデ族長が、巨大ダイオウサソリに風を切りながら曳航肢を飛ばした。物凄い衝撃音――曳航肢が巨大ダイオウサソリの右の鋏にヒットした。巨大ダイオウサソリが吹き飛んだところを想像したハブムカデ族長は、単眼を疑った。巨大ダイオウサソリは、吹き飛ぶどころか十センチも動いていなかった。並みの虫なら二、三十センチは吹き飛んでしまう。

「日ノ本の怪物ムカデのパワーは、そんなもんか？」

「ワレ！　調子に乗るんや…」

体液相を変えたハブムカデ族長の曳航肢を右の鋏で挟んだ巨大ダイオウサソリが、一回転した。ハブムカデ族長の巨体が吹き飛び、樹木に衝突して地面に落下した。

起き上がったハブムカデ族長は、信じられない思いだった。

「なかなかやるやんけ？　油断してしもうたわ。今度は、そうはいかんで！」

ハブムカデ族長が、巨体からは想像できないスピードで飛んだ。ハブムカデ族長は、巨大ダイオウサソリの腹部を狙った。鋏と背甲部は硬く、自慢の毒牙でも貫くのは容易ではなかった。

腹部まであと十センチのところで、巨大ダイオウサソリの鋏がハブムカデ族長の頭部を捕らえた。ハブムカデ族長は激しく胴体をくねらせ暴れたが、頭部を挟んだ鋏から逃れることはできなかった。頭部を挟まれているので、毒牙での攻撃も不可能だった。

「日ノ本の怪物ムカデの力は、そんなもんか？　こんなんじゃ、ウチの配下にも勝てねえぞ」

巨大ダイオウサソリが、左右の巨大な鋏でハブムカデ族長の頭部を締め上げた。

「肢(あし)応えのねえ奴だ。ほら？　早く逃げねえと、頭部がちょん切れるぜ」

「信じられない光景ですね。いいんですか？　肢助けしないで」

浮遊飛びしながらハブムカデ族長と巨大ダイオウサソリの闘いを眺めていたオオスズメバチ藩主に、キイロスズメバチ隊長が訊(たず)ねてきた。オオスズメ藩主たちは、タランチュラホーク軍を討伐したその肢で、「毒蟲の森」に向かっていたのだった。

「ここで殺されるなら、それまでの寿命だったということだろう」

「でも、ハブムカデ族長がやられたら日ノ本が南蛮虫に支配されてしまいますよ」

今度はコガタスズメバチ隊長が、不安げに訊ねてきた。

「彼がやられたら、私達が南蛮サソリを討伐する」

オオスズメ藩主は、触角一つ動かさずに言った。

南蛮虫は、ほかにも大勢襲来している。極力、隊の戦力を温存しておきたかった。

「小腹が減ってきたから、そろそろ喰ってやるぜ！」

巨大ダイオウサソリは尾を振り上げ、ハブムカデ族長の胴節を毒針で狙った。

「我がを…舐めるのも…ええ加減に…せいや！　黒ザリガニが！」

ハブムカデ族長が頭部を挟まれたまま、胴部を巨大ダイオウサソリの腹部に巻きつけた。

「うぐぁ…」

物凄い力で腹部を締め上げられた巨大ダイオウサソリが、苦しげな声を漏らした。

「ワレの腹部…破裂…させたるで！」

「その前に…てめえの…頭部を…ちょん切って…やるぜ！」

ハブムカデ族長の頭部が捥げるが先か、巨大ダイオウサソリの腹部が破裂するが先か、究極の力比べの幕が切って落とされた。

「ハブムカデ族長が倒された場合、一斉攻撃を仕掛ける。心構えをしておきなさい」

オオスズメ藩主は、各隊虫に告げた。巨大ダイオウサソリが手負いになったとしても、簡単に倒せる相手ではない。討伐に成功しても、ハチ藩にもかなりの犠牲が出るだろう。

「てめえ…痩せ我慢を続けて…離さねえと…頭部が…ちょん切れるぞ…」

巨大ダイオウサソリが、苦痛に喘ぎながら言った。

「その言葉…ワレにそっくり…返したるわ…はよ降参せんと…腹が…爆発するで…」

ハブムカデ族長も、苦痛に喘ぎながら言った。ハブムカデ族長の神経は麻痺し、もはや痛みも感じなかった。その代わり、巨大ダイオウサソリの腹部を締めつける胴部にも力が入らなくなった。このままでは、巨大ダイオウサソリの腹部が破裂する前に意識を失ってしまう。我慢比べが続いた。一分が過ぎた頃、巨大ダイオウサソリの鋏がハブムカデ族長の頭部を離した。

勝った…。

ハブムカデ族長が安堵した瞬間、巨大ダイオウサソリの毒針が胴部に刺さった。

「ワレ…謀ったんかい…」

ハブムカデ族長の胴部が痺れ、巨大ダイオウサソリの腹部から解かれていった。

「やっぱり…ムカデは単細胞だな…。まんまと…フェイントに引っかかりやがって…」

切れ切れの声で、巨大ダイオウサソリが嘲ってきた。

「あの黒サソリ、力だけじゃないな。毒針を打ち込むため、わざと鋏を頭部から外した。ハブムカデ族長は一瞬、気を抜き、胴部の力を緩めた。まんまと誘いに乗ってしまったんだ」

オオスズメ藩主は、抑揚のない口調で言った。失望している暇はない。これから、ダイオウサソリ軍団との全面戦争が始まる。

ハブムカデ族長の全身に力が入らなくなり、身悶え始めた。寿命を奪われるほどの毒性はないが、神経が麻痺してハブムカデ族長の身体は思うように動かなかった。

「日ノ本の怪物ムカデも、俺からしたらただの大ミミズだな」

巨大ダイオウサソリは、ハブムカデ族長の頭部と曳航肢を鋏で挟むと高々と持ち上げた。

「日ノ本のムカデども！　よく見ろ！　てめえらが恐れ崇めていたボスの最期を！」

巨大ダイオウサソリは見せつけるように、ハブムカデ族長を左右の鋏で切り刻んだ。

「ほれほれほれほれほれー！」

あっという間に、ハブムカデ族長の四百ミリの巨体が細切れの肉塊になった。

タイワンムカデ隊の面々が、言葉を失った。無理もない。天下無双の怪物…無敵のハブムカデ族長が、あっけなく肉片にされてしまったのだ。

「皆の虫っ、いまからダイオウサソリ軍団に総攻撃を仕掛ける！　いざっ、出陣…待て！」

オオスズメ藩主は、寸前で出陣命令を撤回した。

突然、現れた黄色い小型のサソリの大軍が、ダイオウサソリ軍団に接近した。

「おいおい、おチビの大将、こんなところまでなんの用だ？」

巨大ダイオウサソリが、小型のサソリの大軍の先頭…デスストーカー軍団のボスを挑発した。

デスストーカーは世界最強の猛毒を持つサソリで、刺されればヒトも寿命を奪われるという。

ダイオウサソリとデスストーカーは、サソリ界を二分する二大巨頭だった。

「なんの用かって？　サソリ界のボスを決めようと思ってさ」

デスストーカーボスが、虫を食ったような顔で宣戦布告した。

「おい、聞いたか⁉　このチビサソリが、サソリ界のボスを決めようなんてほざいてるぞ⁉」

巨大ダイオウサソリが黒く、いかつい右の鋏でデスストーカーボスを指しながら嘲笑うと、背後のダイオウサソリ軍団から爆笑が沸き起こった。

「捻り潰したいのなら、ごちゃごちゃ言ってないでさっさとかかってくれば？」

小馬鹿にしたような物言いで、デスストーカーボスが細く華奢な右の鋏で肢招きした。

「おかしな雲行きになってきましたね？　どうして、ここで仲間割れをするんでしょうか？」

空から高みの見物を決め込むオオスズメ藩主に、キイロスズメ隊長が訊ねてきた。

「どこの虫界にも、権力争いがあるということだよ。どちらにしても私達にとっては願ってもない展開になってきたよ。厄介な敵の一方が、潰し合いでいなくなるんだ」

オオスズメ藩主が、薄笑いを浮かべた。

「生意気なチビサソリが！　望み通り挟み潰してやるぜ！」

巨大ダイオウサソリが右の鋏を、デスストーカーボス目掛けて振り下ろした。デスストーカーボスが素速く躱すと、ターゲットを失った巨大ダイオウサソリの鋏が地面に穴を開けた。

「すばしこい野郎だ！　だが、いつまで逃げ回れるかな！」

巨大ダイオウサソリが左右の鋏を交互に地面に叩きつけながら、デスストーカーボスを追い回した。飛び散る土の合間を縫い、デスストーカーボスが鋏攻撃を躱し続けた。

「なんだあいつ？　逃げ回ってばかりですね？　俺でも勝てそうですよ」

デスストーカーボスを複眼で追いながら、キイロスズメ隊長が言った。

「捕まったら終わりだからな。逆を言えば、ダイオウサソリは攻撃を止めれば終わりだ」

オオスズメ藩主は、冷静に分析した。

「ちょろちょろちょろ…てめえっ、逃げ回るのもいい加減にしねえか！」

少しずつ、巨大ダイオウサソリの動きが鈍くなってきた。対照的に、デスストーカーボスのスピードはまったく落ちていなかった。

「くそったれが！　これを喰らえ！」

巨大ダイオウサソリが右の鋏を大きく振り上げた瞬間――デスストーカーボスが急に立ち止まり、腹部を高々と上げて尾を鞭のようにしならせながら振った。

巨大ダイオウサソリの右の鋏の付け根に、デスストーカーボスの毒針が突き刺さった。一瞬で巨大ダイオウサソリの四百ミリの身体が硬直し、置物のように動かなくなった。

ボスが瞬殺されたのを複眼の当たりにした、ダイオウサソリ軍団が凍てついた。

「ダイオウサソリのボス、まさか…寿命を奪われちゃったんですか？」

オオスズメ藩主に、信じられないといった表情でコガタスズメ隊長が訊ねてきた。

「ああ、そうみたいだね」

オオスズメ藩主は、冷静な口調で言った。こうなることは、ある程度予想していた。デスストーカーボスは毒の強さだけでなく、俊敏さと攻撃の的確さも秀逸だった。

オオスズメ隊が戦いやすいのは、デスストーカー軍団よりダイオウサソリ軍団だ。鋏に捕まれば厄介だが、あの鈍さでは空を猛スピードで飛び回るオオスズメを捕らえることはできない。毒性も弱いので、捕まらなければ負けることはない。だが、デスストーカーは俊敏なだけでなく猛毒の持ち主であり、毒針を打ち込む技術も相当に高い。近づきすぎると毒針を打ち込まれる危険性が高くなり、離れたままだとオオスズメの毒針を打ち込むことができない。

「さあ、どうするの？　僕達の軍門に降るか、戦ってボスみたいな死骸になるか？」

デスストーカーボスが、対峙するダイオウサソリ軍団に二虫択一を迫った。

「調子に乗るんじゃねえ、くそチビが！　ダイオウサソリを、舐めるんじゃねえぞ！」

ダイオウサソリ隊長が、左右の鋏を振り上げた。

「なら、仕方ないな〜。じゃ、みんな、殺してきて」

デスストーカーボスが命じると、デスストーカー軍団がダイオウサソリ軍団に突進した。

「ボスの仇討ちだ！　チビサソリどもを、一匹残らず叩き潰せーっ！　行くぞおらーっ！」

ダイオウサソリ隊長が先陣を切り、デスストーカー軍団を迎撃した。ダイオウサソリ軍団の鋏攻撃と尾針攻撃をデスストーカー軍団は楽々と躱し、逆に面白いように毒針を打ち込んだ。

一分が経つ頃には、次々とダイオウサソリの面々が硬直した。百匹ずついた両軍団は、デスストーカーが九十匹残っているのに対してダイオウサソリの七割は寿命を失い硬直していた。

「ダイオウサソリは全滅しますね。勝ち残ったデスストーカーに総攻撃ですね？」

キイロスズメ隊長が、オオスズメ藩主に伺いを立ててきた。

「いや。カブト将軍に会いに行く。デスストーカーが相手だと、犠牲が大き過ぎる。カブト将軍、ノコギリクワガタ藩主、そして、タガメ藩主と連携して対策を立てる必要がある」

ほかにも、まだ姿を見せていない南蛮虫がいるはずだ。日ノ本昆虫界の天下取り合戦は休戦し、肢を組んで立ち向かわなければ征服されてしまう。

「行くぞ！」

オオスズメ藩主が飛び立つと、ハチ隊が重厚な翅音を立てながらあとに続いた。

☆

リオック軍団を追っていたカブト幕府の面々は、「河原草地の城」を抜けて「青空高原の城」に入っていた。複眼で見渡すかぎり障害物のない広大な高原は、トンボ藩の領地だった。

「青空高原の城」の大地では、カブト幕府の連合隊が小休止していた。大空には、三百匹のシオカラトンボと百匹のカナブンが旋回しながら周囲を偵察していた。地上では南蛮虫の襲撃に備えて、五百匹のカブト護衛隊が三百六十度に睨みを利かせていた。

「将軍、大変です！」

クロゴキブリ藩主が、カブト将軍のもとに物凄いスピードで駆け寄ってきた。

「『毒蟲の森』で、ハブムカデ族長がサソリに寿命を奪われました！」

「本当か⁉　あのでかムカデは気に食わねえが、簡単にやられるような虫じゃねえはずだ」

ノコギリ藩主が、驚きを隠さずに言った。

「ハブムカデ族長と同じくらい大きなサソリでした！　ダイオウサソリという種類らしく、一進一退の攻防だったのですが、最後にはハブムカデ族長が輪切りにされてしまいました…」

そのときの恐怖が蘇ったのか、クロゴキ藩主の声が震えた。

一度肢合わせをしたので、カブト将軍にはハブムカデ族長の桁外れの強さがわかっていた。

クロゴキ藩主の報告が誇張でないとするなら、ダイオウサソリという南蛮虫は相当な怪物だ。

「ダイオウサソリとやらは、まだ『毒蟲の森』にいるのか？」

「寿命を奪われました…相手はデスストーカーとかいう黄色く小さなサソリで、世界最強の猛毒を持つらしいです」

「おい、クソゴキ！　待てや！　なんで南蛮サソリが南蛮サソリを殺すんだよ⁉」

ノコギリ藩主が、クロゴキ藩主に詰め寄った。

「ど、どうやら、権力争いのようです」

「あんたが得意なことじゃない」

オオカマキリ藩主が、口を挟んだ。

「藩主！　ハチ藩の大群がこっちに向かってます！」

空を偵察していたシオカラトンボ隊の隊長が、体液相を変えてオニヤンマ藩主に報告した。

重厚な翅音とともに、オオスズメ藩主を先頭に、千匹以上のハチの大群が迫ってきた。

ほどなくすると、オオスズメ藩主がカブト将軍の前に着地した。

「すぐに、タガメ藩主に協力を仰ぎましょう」

「おい、いきなり現れて、てめえはなにを言ってるんだ⁉」

ノコギリ藩主が、オオスズメ藩主に食ってかかった。

「ハブムカデ族長がやられた報告が、入ってませんか？」

「クロゴキから聞いたよ。ダイオウサソリっつう巨大サソリに輪切りにされたんだろ？　で、そのダイオウサソリをデスなんとかっつうチビサソリが毒殺したんだよな？」

「デスストーカーは、相当な危険虫です。ダイオウサソリもかなりの戦闘力でしたが、デスストーカーは一秒で毒殺しました。その後ダイオウサソリ軍団はデスストーカー軍団に一方的に全滅させられました。ほかにも未知の南蛮虫が日ノ本に侵入していないとは言い切れません。ハブムカデ族長なきいま、タガメ藩主の協力は必須です」

オオスズメ藩主は、カブト将軍とノコギリ藩主に訴えた。

「心配しねえでも、俺様がいるかぎり水虫なんぞの力を借りなくても大丈夫だ」

ノコギリ藩主がふてぶてしく言った。

「藩主！　タガメ護衛隊です！」

空を旋回偵察していたシオカラトンボが、オニヤンマ藩主に報告してきた。

重厚な翅音が大きくなり、「青空高原の城」の大地が黒い影に染まった。千匹のタガメが大地に着地した。先頭のタガメ藩主が、後肢で立ち悠然とカブト将軍に歩み寄った。

「ヒヨケムシとやらの南蛮虫が『底なし沼』を襲撃してきて、タイコウチ副藩主が寿命を奪われた。俺様が討伐したが、あんな雑魚虫の寿命を奪ったところで仇討ちにはならない」

「南蛮虫を殲滅するためにカブト幕府と呉越同舟する、そういうことだな？」

カブト将軍が訊ねた。

「そうだ。南蛮虫とやらの体液を一匹残らず吸い尽くしてやる！」

十メートル先で土埃が上がった。カブト将軍は複眼を凝らした。土埃の向こう側から、巨大なコオロギの大群が現れた。

「やってみなさいよ！　体液を一滴も吸えないうちに、喰らい尽くしてあげるわ！」

リオック軍団の先頭を跳ねるビッグボスが、笑みを浮かべながら叫んだ。

「でぶっちょコオロギは、俺がぶっ殺す！　ミヤマクワガタもヒラタクワガタもオオクワガタも、みんなこいつにやられたわけだからよ」

ノコギリ藩主が、一際大きなリオックメス…ビッグボスを見上げた。

「あんたじゃなく、もっと強そうな虫のほうがいいんじゃないの？」

「お前は知らねえようだが、日ノ本最強虫は俺様だ！」

「もしそれが本当なら、日ノ本昆虫界は終わってるわ…」

ビッグボスの言葉を遮るように、タガメ藩主が逞しく太い鎌肢(かまあし)で、リオックメスの太い胴部を挟み込んだ。リオックメスは後肢で地面を蹴り上げながら、タガメ藩主を振り払おうとした。

ビッグボスほどではないが、タガメ藩主が組みついたリオックメスは百ミリ以上の巨体で相当のパワーだ。だが、水中でフナやマムシを離さないタガメ藩主の腕力からすればリオックのパワーなど、どうということはない。タガメ藩主は口吻(こうふん)を胴部に突き刺し、体液を吸った。

「どうだ？　生きたまま干乾びる気分は？」

タガメ藩主が加虐的に言いながら、体液を吸い続けた。

今度はオオスズメ藩主が、リオックメスの背後に回り背中に乗った。後肢の付け根に毒針を刺しながら、首を咬みちぎった。ほかのオオスズメ隊もリオックメスを狩り始めた。

「俺達戦闘昆虫を舐めるんじゃない！」

カブト護衛隊長が、リオックメスに突進して頭角で胴部を突き刺し投げ飛ばした。リオックメスは、カブト幕府の面々の攻撃に防戦一方だった。

「あんた達、こんなしょぼい日ノ本虫に押されるなんて、恥を知りなさい！」

ビッグボスの叱咤(しった)が効いたのか、リオックメス軍団の反撃が始まった。モンスズメバチを棘々(とげとげ)の前肢(ぜんし)で押さえつけ、バリバリと喰らうリオックメス。ゴマダラカミキリを頭部から喰らうリオックメス…そこここで、日ノ本昆虫が寿命を落としていた。

「あたいがちょいと気合いを入れたら、これよ」

「それが妄想だっつぅーことを、俺様が教えてやるぜ！」

ノコギリ藩主が、後肢で大地を蹴った——ビッグボスの腹部に潜り込もうとした。ノコギリ藩主の動きが止まった。

ビッグボスの大顎が、ノコギリ藩主の左の大顎をロックオンしていた。ノコギリ藩主の身体は、ピクリとも動かなかった。不意に、ノコギリ藩主の身体が浮いた。

「大口だけは立派だけど、わらけるほど無抵抗だわね～」

ビッグボスが、ノコギリ藩主を激しく左右に振り回した。ノコギリ藩主は全身から力を抜き、ビッグボスにされるがままに身を預けた。

「あんたみたいな雑魚虫の相手は、これで終わりよ！」

ビッグボスが、一際大きなモーションでノコギリ藩主を振り上げると、切り株に向かって振り下ろした。ノコギリ藩主は、衝撃にパニックにならないように備えた。

全身の外骨格に、衝撃が走った。ノコギリ藩主は、遠のきそうになる意識を引き戻した。衝撃で左の大顎の真ん中から先が折れ、ノコギリ藩主は地面に投げ出されていた。

「口ほどにもない…」

すっくとノコギリ藩主は立ち上がり、折られたほうの大顎をビッグボスの腹部に突き刺した。

「くされでぶコオロギが！　てめえなんぞ、ハンデ付きでちょうどいい勝負だぜ！」

動転するビッグボスの腹部を縦に裂きながら、ノコギリ藩主が叫んだ。

「あたいの身体に傷をつけるなんて…生意気な！」

「そりゃこっちの台詞だ！　俺様の大顎を折りやがって！」

ノコギリ藩主がビッグボスの背後に回り込み、背部にしがみつくと、折れたことで鋭角になった左の大顎を頚部に突き刺した。

「どうだ？　おめえが作った武器で死んでゆく気分は？」

「な…舐めるんじゃないわよ…あんたみたいな雑魚虫に…」

「雑魚虫はおめえだよ！」

ノコギリ藩主は叫び、ビッグボスの頚部に突き刺した左の大顎を横に薙いだ。

ビッグボスの特大サイズのどんぐりのような頭部が、地面に落ちて転げた。ノコギリ藩主が背部を蹴りつけると、ビッグボスの頭部なしの胴体が前のめりに倒れた。

「ビッグボスがやられた…」

「嘘よ…」

リオックメス軍団が動きを止め、強張った顔で呟いた。

「これがてめえらの大将の成れの果てだ！」

ノコギリ藩主が仁王立ちし、後肢でビッグボスの生頭部を踏みつけ高笑いした。ボスを失ったリオックメス軍団が、一斉に逃げ出した。

「奴らは俺ら水生昆虫軍団が殲滅する。お前らは、ほかの南蛮虫に備えろ！」

タガメ藩主がカブト将軍に言い残し、逃げ惑うリオックメス達を低空飛行で追いかけた。

「藩主！」

「おめでとうございます！」

複眼から体液を流しながら、ノコギリ隊の面々がノコギリ藩主に駆け寄ってきた。

「コオロギを倒したくれえで、大騒ぎするんじゃねえよ」

「やりましたね。素晴らしい闘いでした。大顎の先端が折れたのは残念ですが」

オオスズメ藩主が、ノコギリ藩主に歩み寄りながら言った。

「まあ、逆に串刺しの技も増えて、さらに戦闘力が増したってわけだ」

「ご苦労様。よくやったな」

カブト将軍がノコギリ藩主に歩み寄り、太く刺々しい右前肢を差し出した。

「上から複眼線で言うんじゃねえ。お前の軍門に降ったわけじゃねえぞ」

「まあまあ、そう言わずに」

オオスズメ藩主がカブト将軍とノコギリ藩主の中央に立ち、それぞれの右の前肢(ぜんし)を掴んだ。

「甲虫界の両横綱が肢を組んだら無敵ですから」

ノコギリ藩主は横を向きながらも、カブト将軍と握肢した。

☆

「青空高原の城」の広大な大地を逃げ惑うリオックメスを、タガメ軍が追いかけていた。強力な鎌肢に次々と捕らわれ体液を吸われたリオックメスは、僅か三十匹になっていた。

タガメ藩主は、捕獲したリオックメスの胸部に口吻(こうふん)を突き刺し、消化液を注入すると放り捨てた。タガメ藩主は満腹だった。寿命を奪うだけなら、消化液で十分だった。

「皆の虫！　南蛮虫殲滅まであと僅かだ！　寿命を、奪って奪って奪いまくれーっ！」

突然、逃げ惑っていたリオックメス達が肢を止めた——バタバタと倒れ始め、大顎から茶褐色の体液を漏らし六肢(ろくし)を痙攣(けいれん)させていた。

「もう、君達は用済みさ」

冷え冷えとした声のほうに、タガメ藩主は複眼をやった。黄色く平たい小さな体、細長く鞭のような尾、滴の滲み出た毒針…デスストーカーボスが、声と同様に冷えとした複眼でリオックメスの死骸を見渡していた。背後には、五百匹の配下がいた。「毒蟲の森」で九十匹にまで減っていた配下を増やしてから「青空高原の城」に移動してきたのだった。

「お前が、世界一の猛毒を持つという南蛮サソリか？　小さくて弱そうにしか見えないがな」

タガメ藩主が、見下したように言った。

「待ってください！」

オオスズメ藩主が、タガメ藩主の頭上から呼びかけた。背後には、千匹以上のハチ藩の藩虫達が空を黒く埋め尽くしていた。

「申し訳ありませんが、彼を私に譲って貰えませんか？　たしかめたいことがあるんです」

「たしかめるって、なにをだい？」

タガメ藩主の疑問を、デスストーカーボスが代弁した。

「世界一の猛毒サソリと言われる君に、オオスズメの毒が通用するかどうかです」

「残念だよ。君はもっとクレバーだと思っていたが、意外に頭が悪いんだね。君らハチ如きの弱毒で僕らに勝てると思ってるのかい？」

「その言葉、そっくり君にお返しします。案外、頭が悪いのは君も同じですよ。私達ハチ属には翅があります。地面を這いずりながら毒針合戦をするわけじゃないんですよ」

「口ではなんとでも言えるからね。戦ってみればわかるさ。さあ、早く戦おうよ」

デスストーカーボスが、鋏を振り上げ戦闘態勢を取った。

「提案があります。私と一匹対一匹で戦って貰えますか？　ボス同士戦って、負けたほうが軍門に降るというのはどうですか？　私に勝つ自信があるのなら、断る理由はないですよね？」

オオスズメ藩主が切り出した。デスストーカー軍団と戦えばたとえ勝利しても、ハチ藩にもかなりの犠牲が出る。藩虫が千匹以上いるハチ藩は五百匹のデスストーカー軍より数の上では有利だが、あの猛毒と戦闘能力は脅威だ。南蛮虫の未知の強豪は、まだまだいるだろう。オオスズメ藩主は後の展開を考え、余力を残しておきたかった。差しの勝負であればオオスズメ藩主が負けても、タガメ隊とハチ藩の連合軍でデスストーカー軍を討伐してくれるはずだ。

「もちろん。いいよ。君と差しで戦うよ。みんな、絶対に肢出しするんじゃないよ」

デスストーカーボスが、隊虫達に釘を刺した。

「さあ、どこからでもかかってきていいよ。君の思い上がりを、僕が教えてあげるから」

デスストーカーボスが、オオスズメ藩主を見上げて尾を高く上げた。

岩と岩の間に身を潜めたゲジゲジは、空と陸で睨み合うオオスズメ藩主とデスストーカーボスの戦の行方を固唾を呑んで見守っていた。ゲジゲジはデスストーカーボスの後を追い、「青空高原の城」まできたのだった。

「オオスズメ藩主、仇討ちを任せたっちよ。本当はおらがダイオウサソリボスを倒そうと思ったっちけど、デスストーカーボスに倒されてしまったっち。ハブムカデ族長を殺したのはダイオウサソリボスだから、デスストーカーボスは仇じゃないっち。だから、おらはオオスズメ藩主にデスストーカーボスを譲ってやったっちよ」

ゲジゲジは、一匹言を呟いた。

「じゃあ、遠慮なく行かせて貰いますよ」

オオスズメ藩主は言い終わらないうちに、左右の鋏を振り上げ戦闘態勢のデスストーカーボスに向かって急下降した。三十センチ以内に接近するのは危険だ。オオスズメ藩主は、五十センチの地点でフェイントをかけて攻撃を仕掛けるつもりだった。

二メートル、一メートル、五十センチ…オオスズメ藩主がフェイントをかけようとしたときに、デスストーカーボスが跳躍してきた。予期せぬ攻撃に、オオスズメ藩主は慌てて迂回した。だが、オオスズメ藩主の右後肢はデスストーカーボスの右の鋏に捕らえられていた。

オオスズメ藩主は飛翔速度を上げて振り落とそうとしたが、デスストーカーボスの体重で速く飛べなかった。デスストーカーボスはぶら下がったまま、尾を鞭のようにしならせ毒針をオオスズメ藩主の腹部に飛ばした。オオスズメ藩主は腹部を左に曲げ、寸前のところで毒針を躱した。このまま左後肢まで鋏で捕らえられたら、毒針から逃れることはできなくなる。

ふたたび、デスストーカーボスの尾が風を切りながら飛んできた。オオスズメ藩主は、今度は腹部を右に曲げて躱した。不安定な状態からの攻撃で、デスストーカーボスのいつもの的確さが損なわれているのがオオスズメ藩主にとっては不幸中の幸いだった。

オオスズメ藩主はジグザグに飛び、デスストーカーボスを振り落としにかかった。デスストーカーボスは身体が振り子のように揺れるにもかかわらず、冷静に何度も尾を飛ばしてきた。

数々の強豪昆虫や毒蟲と戦ってきたが、間違いなくデスストーカーボスは過去最強の敵だった。だが、こんなところで寿命を落とすわけにはいかない…。

オオスズメ藩主は毒霧を噴射した。毒液がデスストーカーボスの身体を濡らした。

「君が肢強(あしごわ)かったことは認め…」

オオスズメ藩主は、言葉の続きを呑み込んだ。デスストーカーボスが痙攣して落下していく姿を想像していたが、苦しむどころか薄笑いを浮かべていた。

「驚いた？　僕らはね、君達ヤワな昆虫と違って毒を浴びても死なないのさ。毒針を打ち込まれないかぎり僕の寿命は奪えないけど、いまの君の体勢じゃ無理みたいだね」

ハッタリ――毒液が口の中に入れば、デスストーカーボスといえども死ぬはずだ。だが、二度目の噴霧をする気はなかった。毒は無限ではない。毒霧噴霧で無駄遣いして、いざ毒針を打ち込んだときに毒が尽きていれば寿命取りだ。

デスストーカーボスの尾がしなりながら飛んできた。オオスズメ藩主は腹部を曲げて毒針を躱した。このままでは、毒針も大顎も使えない。なんとしてでも、デスストーカーボスを振り落とさなければならない。オオスズメ藩主は上空に飛翔した。

高度を五メートルほど上げたところで、オオスズメ藩主は急下降した。急激な気圧の変化と落差の衝撃に、デスストーカーボスの鋏がオオスズメ藩主の右後肢から外れた。落下するデスストーカーボスを、オオスズメ藩主は追った。地上に落ちるまでが、オオスズメ藩主の勝機だ。オオスズメ藩主は、宙でバランスを崩すデスストーカーボスの腹部に毒針を打ち込もうとした。

意表を突いて、デスストーカーボスの毒針が飛んできた。まさか、落下しながら攻撃してくるとは思わなかった。オオスズメ藩主は上空に回避した――千載一遇の勝機を捨てた。深追いすれば、オオスズメ藩主が致命傷を負う危険性があった。

デスストーカーボスが草の葉をクッションに地上に落下すると、左右の鋏を構え尻尾を振り上げ戦闘態勢を取った。偶然ではなく、意図的に草の葉を利用したのだ。

デスストーカーボスは毒の強さだけではなく、身体能力と頭脳も一流だった。オオスズメ藩主は、デスストーカーボスの七十センチ上空を旋回した。さっきは五十センチを跳躍し、鋏に捕まったのだ。オオスズメ藩主の旋回に合わせ、デスストーカーボスも回った。デスストーカーボスには、まったく隙がなかった。

勝てるのか？

オオスズメ藩主は自問した。生き物であるかぎり、どこかに弱点があるはずだ。デスストーカーボスは隙がないのではなく、隙を見せないようにしているのだ。隙…弱点は尾だ。オオスズメ藩主が攻撃を仕掛けても、毒針を絶対に喰らわない場所は…。

右に旋回していたオオスズメ藩主は、いきなり左に旋回した。瞬間、反応が遅れたデスストーカーボスの背後に回り急下降した。尾にしがみつき、毒針の根元…尾節を大顎で咬んだ。

デスストーカーボスが、いままで見せたことのないような狼狽ぶりで逃げ回った。オオスズメ藩主は振り落とされないように必死にしがみつきながら、尾節を咬みまくった。デスストーカーボスは、あまりの激痛に地面をのたうち回った。オオスズメ藩主は、それでも尾を離さずに尾節を咬み続けた。尾節から体液が漏れ始めた。

もう一息――オオスズメ藩主は、大顎の開閉ピッチを上げた。ほどなくして、デスストーカーボスの毒針がちぎれ落ちた。

デスストーカーボスは尾節から体液を垂れ流しながらも逃げようとしていたが、明らかに動きが鈍くなっていた。オオスズメ藩主は楽々と追いつき、背中に毒針を突き刺した。オオスズメ藩主が離れると、デスストーカーボスが引っ繰り返った。

「この僕が…負けた…の？」

「はい。上には上がいるということです」

オオスズメ藩主は、涼しげな顔で言った。

「やったー！　藩主が勝った！」

「オオスズメ軍団最強！」

隊虫達が、歓喜の声を上げた。

「くそ！　ボスの仇…」

「やるのか⁉　相手になってやるぞ！」

デスストーカーサブボスの号令を、タガメ藩主が遮った。

「約束を破るなら、私達も容赦しません」

タガメ藩主の横に、オオスズメ藩主が並んだ。二匹の藩主の背後には、二千匹を超える隊虫が戦闘態勢に入っていた。

「た、退散！」

デスストーカーサブボスの号令に、デスストーカー隊が一斉に背を向けて逃げ出した。

「皆の虫！　南蛮サソリの体液を吸って吸って吸い尽くすのだ！　かかれ…いや、待て！　聞こえぬか？　肢音が…あれを見よ！」

タガメ藩主が、デスストーカー隊の数メートル先から押し寄せてくる大群を右鎌肢で指した。大群は体長七十ミリ前後の黒い甲虫で、左右非対称の巨大な大顎を持っていた。

「あれは、南蛮のクワガタ軍ですか？」

「いや、あの虫達はクワガタではない。クワガタならば大顎が前に突き出ている。複眼の下に大顎が伸びていることから察して、肉食昆虫に違いない」

タガメ隊長の質問に、タガメ藩主が答えた。タガメ藩主の言う通り、黒い甲虫は南アフリカの肉食昆虫…世界最大のハンミョウ、オオエンマハンミョウだった。ムカデ、タランチュラの毒牙や毒針も通さない硬い外骨格、鋭い大顎、カブトムシやクワガタムシを遥かに上回る俊敏さ――ツワモノ揃いの肉食南蛮虫の中でも、戦闘力は一番と誉れ高かった。

「オオエンマハンミョウ隊じゃないか！　援護にきてくれたのか！」

デスストーカーサブボスが、先頭の一際大きな八十ミリのオオエンマボスに言った。

「喰う！　喰う！　喰う！　喰う！　喰う！」

背後のオオエンマ隊も、武者震いしながらオオエンマボスに続いた。

「喰う！　喰う！　喰う！　喰う！　喰う！　喰う！　喰う！　喰う！」

オオエンマボスが、武者震いしながら呪文のように繰り返した。

「な、なにを言っている？　同じ南蛮虫だろうが！」

デスストーカーサブボスが体液相を変えた。

「俺！　腹ペコ！　お前！　喰う！　俺！　腹ペコ！　お前！　喰う！」

オオエンマボスの武者震いが大きくなった。

「俺！　腹ペコ！　お前！　喰う！　俺！　腹ペコ！　お前！　喰う！　俺！　腹ペコ！」

背後のオオエンマ隊も、武者震いしながらオオエンマボスに続いた。

「ちょっと待て…。仲間同士寿命を奪い合ってる場合じゃ…」

オオエンマボスがデスストーカーサブボスに飛び掛かると、オオエンマ隊の五百匹もデスストーカー隊に襲いかかった。デスストーカーサブボスは鞭のように尾をしならせ、突進してくるオオエンマボスの頭部に毒針を打ち込んだ。

だが、硬い頭部を毒針で貫くことはできなかった。オオエンマボスはデスストーカーサブボスに覆い被さり、大顎で背部を咬みまくった。デスストーカーサブボスの毒針が、オオエンマボスに貫通することはなかった。体液と肉でグチャグチャになったデスストーカーサブボスの動きが弱々しくなり、毒針を振り下ろす速度が明らかに遅くなった。

僅か三十秒足らずで、デスストーカーサブボスは原形を失い事切れた。

「うま！　うま！　うま！　うま！　うま！　うま！　うま！　うま！」

オオエンマボスは妙な声を発しながら、次のデスストーカー隊虫に襲いかかった。オオエンマ隊虫も、デスストーカー隊虫を喰い散らかしていた。

「また、とんでもない南蛮虫が現れたな」

オオスズメ藩主が、オオエンマボスの戦闘ぶりを分析しながら言った。

「攻撃しないんですか？」

オオスズメ隊長が訊ねてきた。

「もう少し、様子を見よう」

デスストーカーボスもかなりの難敵だったが、身体が柔らかいので勝機を見出せた。オオエンマボスには、毒針を刺せそうな個所はなかった。カブト将軍でさえ、上翅こそ毒針の貫通は難しいものの腹部は柔らかい。だが、オオエンマボスの腹部は上翅と同じ硬度を持っている。

「先に攻撃しなければ、タガメ藩主に肢柄を奪われてしまいますよ？」

オオスズメ隊長がオオスズメ藩主に言った。

「誰が肢柄をあげるとか、どうでもいい。重要なのは、あの南蛮ハンミョウを倒すことだ。私には、もう少し戦闘力を分析する時間が必要だ。そのためなら、肢柄など喜んで譲るさ」

次々とデスストーカー隊虫を喰い殺すオオエンマボスの獰猛（どうもう）な戦いぶりを複眼で追いながら、オオスズメ藩主は言った。

「あの南蛮虫め、日ノ本で好き放題やりおって」

タガメ藩主が、デスストーカー軍団を殺戮するオオエンマ隊を睨み、押し殺した声で言った。

「親方様…南蛮ハンミョウと戦うんですか？　奴らは半端ない攻撃力です。しかも、サソリの毒針を通さない硬い頭胸胴部に我々の口吻が刺さるでしょうか？」

タガメ隊長が、強張った声で訊ねた。

「つまり、俺様に勝ち目がないから南蛮虫に背部を向けろというのか？　水生昆虫最強のタガメ隊に、臆病な隊長はいらん。南蛮ハンミョウの前に、貴様の体液を吸ってやろうか？」

タガメ藩主が、ドスの効いた声で言うと口吻をタガメ隊長の胸部に近づけた。

「お許しください！　汚名返上のチャンスを！　私が南蛮ハンミョウの大将を仕留めます！」

「タガメ隊の顔に泥を塗るだけだ。奴の寿命は俺様が奪うから、お前はほかの個体を仕留めろ。皆の虫！　水生昆虫最強種族の誇りにかけて、南蛮ハンミョウどもを皆殺しにしろ！」

デスストーカー隊虫を喰い散らかすオオエンマボスに、タガメ藩主は低空飛行で接近した。

「おい！　南蛮ハンミョウ！　俺様が相手になってやる！　日ノ本で好き勝手にやりたいなら、そんな貧弱なサソリではなく俺様を倒してからにしろ！」

タガメ藩主は鎌肢を大きく開き、戦闘態勢を取った。オオエンマボスが武者震いをした。

「怖気づいて声を発することもできんのか？　近くで見ると、フンコロガシみたいだな」

「タガメ藩主の口吻が刺さるのは二カ所だ」

オオスズメ藩主は分析した。

「大顎の間…唇舌と肢のつけ根だ。唇舌は突き刺すことは可能だが、瞬時に殺す毒ではなく消化液なので、オオエンマボスが痺れる前に大顎で咬み殺されてしまうだろう。だから、鎌肢で捕獲して六肢のいずれかのつけ根に口吻を突き刺す。しかし、前肢と後肢は大顎の逆襲に遭う可能性が高い。中肢なら奴の大顎も届かず体液を吸える。唯一の弱点だ。しかし……」

もともとタガメの捕獲方法は待ち伏せだ。オオエンマボスが巨大といえども、鎌肢に捕まったら逃げるのは至難の業だ。だが、捕まったらの話だ。

「どうした？　フンコロガシ！　怖気づいてないでかかってこんか！」

タガメ藩主は挑発を続けた。オオエンマボスの俊敏な動きを捕らえることは難しいと判断したタガメ藩主は、飛び込んできたところを捕獲する作戦を取った。挑発を続けているのは、そのためだった。十センチ先のオオエンマボスは、相変わらず武者震いを続けていた。

「見掛け倒しの弱虫め！　俺様の鎌肢が怖いなら、複眼の前から去れ！」

「喰う！　喰う！　喰う！　喰う！　喰う！　喰う！　喰う！　喰う！　喰う！」

繰り返し叫ぶオオエンマボスの武者震いが大きくなった。

「あ、クワガタ隊がきました！」

オオスズメ隊長の言葉に、オオスズメ藩主が振り返った。三メートル向こう側から、ノコギリ藩主が隊虫を率いて飛んできた。

「チビサソリに苦戦してんじゃねえかと思って…なんだ？　あのでかいゴミムシは？」

「南蛮ハンミョウのようです」

「ハンミョウにしちゃでか過ぎねえか？　お！　チビサソリが全滅してるじゃねえか？　水虫野郎も、なかなかやるな！」

「いえ、南蛮ハンミョウの仕業です。私が見るかぎり、かなりの戦闘力の持ち主です」

オオスズメ藩主は胸部騒ぎに襲われた。

「喰えるものなら、喰ってみろ！」

タガメ藩主の怒声とともに、オオエンマボスが突進してきた。オオエンマ隊虫も、続いてタガメ隊に突進した。タガメ隊虫は、タガメ藩主同様に鎌肢を大きく広げ、待ち構えていた。

「俺！　腹ペコ！　お前！　喰う！　俺、腹ペコ！　お前！　喰う！」

オオエンマボスが武者震いしながら、物凄い速さで近づいてきた。オオエンマボスとタガメ藩主の距離が五センチを切った。

「貴様の体液を、一滴残らず吸い取ってくれるわ！」

タガメ藩主が叫び、射程距離に入ったオオエンマボス目掛けて飛んだ。オオエンマボスとタガメ藩主の距離が縮まった。

三センチを切ったとき、タガメ藩主の鎌肢がオオエンマボスの胴部をガッチリと捕らえた。オオエンマボスは、六肢をバタバタとさせながら暴れた。

「お！　水虫野郎がゴミムシ野郎を捕まえたぜ！　勝負あったな」

二匹の闘いを眺めていたノコギリ藩主が、隣で浮遊飛びしているオオスズメ藩主に言った。

「そうだといいんですが…」

「なんでだよ？　あれを見てみろ。ゴミムシ野郎も、ビビって暴れてるだけじゃねえか」

「奴は動転して暴れてるんじゃありません。恐らく、作戦です」

「なんだ、たいしたことのない虫だ。足掻(あが)いても無駄だ。俺様の鎌肢は、マムシやフナを捕まえて離さない力がある。お前如きが逃げられるとでも…」

タガメ藩主の鎌肢から、スルッとオオエンマボスが滑り落ちた。

「こやつ…」

地面に落ちたオオエンマボスを、タガメ藩主はふたたび捕獲しようとした。だが、オオエンマボスの俊敏な動きに、タガメ藩主は捕獲どころか複眼で追うのが精一杯だった。

オオエンマボスは、グルグルとタガメ藩主の周りを走った。タガメ藩主は背後を取られないように、オオエンマボスの動きに合わせて時計回りに回転した。

「おいおい、どうなってんだ？　簡単に逃げられたじゃねえか？」

ノコギリ藩主が嘲笑った。

「オオエンマボスの胴部は丸くツルツルとしているので、タガメ藩主の鎌肢に捕まっても暴れれば滑り抜けられることが、わかっていたんでしょう」

オオスズメ藩主は言いながら、オオエンマボスの戦闘力を分析した。

「ちょろちょろと走り回ってばかりいないで、正々堂々と戦え！」

タガメ藩主は、オオエンマボスに合わせて回転しながら怒声を浴びせた。

突然、オオエンマボスが肢を止め、逆回りに走り始めた。瞬間、タガメ藩主の反応が遅れた。

「うぁっ…」

タガメ藩主の右後肢に激痛が走った。オオエンマボスはタガメ藩主の背後に回り込み、後肢に咬みついていた。

「貴様っ…」

タガメ藩主が反撃しようと振り返ったときには、オオエンマボスの姿はなかった。今度は、左後肢に激痛が走った。タガメ藩主は身体を回転させようとしたが、後肢に力が入らなかった。

「なっ…」

複眼の隅に入ったオオエンマボスを見て、タガメ藩主は絶句した。

「まずい！　まずい！　まずい！　まずい！　まずい！　まずい！　まずい！　まずい！」

オオエンマボスが、タガメ藩主の後肢の第一関節から先を食べていた。オオエンマボスの傍らには、もう一本の後肢が落ちていた。

タガメ藩主は悟った。力が入らないのではなく、左右の後肢を咬みちぎられていたのだ。

「貴様っ…舐めおって！　体液を吸い尽くしてくれるわ！」

タガメ藩主は中肢で回転し、鎌肢を広げてオオエンマボスに突進した。オオエンマボスが食べかけの後肢を吐き捨て、タガメ藩主に突進した。

「貰った！」

タガメ藩主がオオエンマボスの頭部を鎌肢で捕らえた。

「さっきの、まずい！　だから、こっち喰う！」

オオエンマボスがタガメ藩主の左の鎌肢のつけ根に咬みついた。

「うぉあ！」

タガメ藩主は、虫生一番の激痛に悲鳴を上げた。

オオエンマボスが頭部を左右に振りながら、タガメ藩主を引き摺り回した。タガメ藩主の左の鎌肢からは、緑の体液が溢れ出していた。右の鎌肢で捕まえようにも、力が入らなかった。

タガメ藩主は、左鎌肢に咬みついたまま激しく頭部を振り続けるオオエンマボスを見て、かつて感じたことのない恐怖に襲われた。こんなに獰猛で攻撃力の高い虫は初めてだった。猛攻は止まらなかった。タガメ藩主は渾身の力を込めて反撃を試みた。だが、痛手を負ったタガメ藩主の鎌肢に、オオエンマボスを払い除けるだけの余力は残っていなかった。オオエンマボスが頭部を激しく左右に振ると、宙に緑の体液が飛散しタガメ藩主の左の鎌肢がちぎれた。

「うぉあーっ！」

タガメ藩主は絶叫し、這いつくばった。

「まずい！　まずい！　まずい！　まずい！　まずい！　まずい！　まずい！」

オオエンマボスがちぎれたタガメ藩主の左鎌肢を、バリバリと喰らい始めた。

「き…さ…ま…」

タガメ藩主は、これほどの屈辱を受けたことがなかった。這いつくばったまま、タガメ藩主は怒りに燃えた複眼でオオエンマボスを睨みつけた。だが、怒りに身体がついていかなかった。

「これ！　まずい！」

オオエンマボスが喰いかけの左鎌肢を吐き捨て、タガメ藩主の顔面に咬みついた。

「お前！　まずい！　まずいけど喰う！　お前！　まずい！　まずいけど喰う！」

オオエンマボスは、タガメ藩主が数多（あまた）の強敵の体液を吸ってきた口吻を真っ先に喰らった。

「俺様は…水生昆虫の…帝王…敗北という文字は…ない！」

タガメ藩主は最後の力を振り絞り、右鎌肢でオオエンマボスの頭部を捕らえた。オオエンマボスは簡単にタガメ藩主の右鎌肢を振り払い、つけ根から喰いちぎった。もう、タガメ藩主の身体には飛沫を上げる体液は残っていなかった。両鎌肢と口吻を失ったタガメ藩主は、寿命が尽きるのを待つしかなかった。

「親方様ーっ！」

タガメ隊長の絶叫が、遠くで聞こえた。タガメ藩主の意識が、次第に遠のいてゆく…。オオエンマボスが、武者震いしながら歩み寄ってきた。

ついに、寿命を奪われるときがきた。タガメ藩主は複眼を閉じ、オオエンマボスに止（とど）めを刺されるのを静かに待った。

いつまで経っても、激痛は訪れなかった。タガメ藩主は、ゆっくりと複眼を開けた。霞む複眼界に映るのは、オオエンマボスの大顎ではなく肛門だった。

「喰ったから、糞する！　喰ったから、糞する！　喰ったから、糞する！」

肛門から噴射された茶褐色の生温い液体が、瀕死のタガメ藩主の身体に浴びせられた。止めを刺されるよりも屈辱的な仕打ちに、怒りを覚える気力はタガメ藩主にはなかった。

「貴様っ！　親方様になんてことを！　皆の虫！　親方様の仇討ちだ！　かかれーっ！」

タガメ隊長の号令に、タガメ隊がオオエンマ隊に突進した。

「全部喰え！」

オオエンマボスの号令に、オオエンマ隊もタガメ隊に突進した。

「水虫野郎、でかい口叩いていたくせに無様に寿命を落とし、糞までかけられやがって」

ノコギリ藩主が、悔しそうに吐き捨てた。タガメ藩主とは反りが合わなかったが、日ノ本昆虫が屈辱的にやられたことに胸部に怒りが込み上げた。

「大将があれじゃ、タガメ隊は勝てねえだろ？　俺の隊とお前の隊で、攻撃を仕掛けるぞ！」

ノコギリ藩主が言うと、オオスズメ藩主が頭部を横に振った。

「ここは私が受け持ちます。あなたは、カブト将軍と合流して貰えますか？」

「は⁉　どうして俺が、馬糞野郎と合流しなきゃならねえんだよ⁉」

「これまでの南蛮虫の実力は相当なものでした。ですが、もし、南蛮のカブトやクワガタが日ノ本に上陸していたら、大変な脅威になります」

オオスズメ藩主は、ずっと危惧していたことを口にした。

「南蛮のカブトやクワガタだと⁉　そんなもん、脅威でもなんでもねえ！」

「南蛮カブトやクワガタの戦闘力が、タガメ藩主の寿命を一方的に奪ったオオエンマボスが相手にならないほどに高かったら…考えただけで、恐ろしくはありませんか？」

オオスズメ藩主が、ノコギリ藩主を鋭い複眼で見据えた。

「南蛮野郎なんか屁でもねえ！　だが、馬糞将軍が頼りねえから、肢を貸してやるか。ところで、他虫の心配ばかりしているが、てめえはゴミムシに勝てるのか？」

「わかりません。私はこれまで、勝算なき戦いをしたことがありません。ですが、日ノ本昆虫界を守るためには、私の信念を曲げるしかありません」

「馬糞幕府に謀反（むほん）したお前が、日ノ本昆虫界を守るためだと？　笑わせてくれるじゃねえか。どうでもいいが、死ぬんじゃねえぞ」

ノコギリ藩主が呆れた様子で吐き捨てると、飛び去った。

「カブト将軍のためではなく、私が天下を取るために日ノ本昆虫界を守るのです」

オオスズメ藩主は一匹ごち、複眼を地上に戻した。オオエンマ隊に一方的に喰らい尽くされたタガメ隊の数は、数十匹しかいなくなっていた。

ノコギリクワガタ藩主はクワガタムシ属の総勢千匹の隊虫を引き連れ、カブト幕府の領地である「クヌギの城の森」に向かい飛翔していた。強引に藩主の座を奪ったノコギリ藩主に反抗的だったヒラタクワガタ、オオクワガタ、ミヤマクワガタの隊虫達も、リオックビッグボスを打ち負かしヒラタ副藩主の仇（かたき）を取ったことで、ノコギリ藩主に忠誠を尽くすようになった。

「藩主、いまクワガタ藩が幕府の応援に駆けつける必要があるんですか？　南蛮カブトかクワガタか知りませんが、幕府を攻撃させてからクワガタ藩が一気に片づけるほうが一石二虫じゃないですか？」

ノコギリ隊長が、ノコギリ藩主に進言した。

「まあ、そう言うな。ここで馬糞将軍に恩を売っておくのも手だろう。本当に南蛮カブトやクワガタが攻め込んでくるなら、奴らでもいたほうが役に立つからよ」

ノコギリ藩主には考えがあった。カブト幕府を援護する振りをし、南蛮カブトやクワガタと寿命を奪い合わせ、余力がなくなった双方を一気に叩く。南蛮カブトやクワガタが現れなければ、オオスズメバチ隊の合流を待ってカブト幕府を襲撃する。

「たしかに、そうです…藩主！　あれを見てください！」

ミヤマ新隊長が言葉を切り、右前肢（ぜんし）で左斜め前方を指した。五メートル先から飛翔してくる大群が、物凄いスピードで迫ってきた。

「フミント（止まれ）！」

大群がピタリと止まった。

「こいつら…」

ノコギリ藩主は、我が複眼を疑った。大群は百ミリはあろうかという、漆黒の巨大なクワガタだった。カブト将軍より一回り以上大きなクワガタがいるなど、信じられなかった。

「俺らは世界最大最強のパラワンオオヒラタクワガタだ。お前らもクワガタみたいだが、ずいぶんチビで大顎が短いな。メスか？」

体長百二十ミリの一際巨大な一匹…パラワンボスが嘲（あざけ）った。

「どうした？　驚き過ぎて声が出ないのか？　まあ、無理はないな。お前ら日ノ本（ひのもと）のクワガタは世界を知らず、小さな島の中で最強だなんだといい気になってたわけだからな」

パラワンボスが、小馬鹿にしたように言った。図星だった。ノコギリ藩主は、複眼前の巨大なクワガタの存在がいまだに信じられなかった。

「同属の情けとして、チャンスをやろう。俺の軍門に降るなら、お前らの寿命は奪わない。どうだ？　お前らチビクワガタにとっちゃ、願ってもない話だろう？」

「図体がでけえからって、調子に乗ってんじゃねえぞ！　でけえクモ、でけえコオロギ、猛毒サソリ…てめえらの仲間は、俺ら日ノ本の昆虫が寿命を奪った。てめえらの軍門に降れば助けてやるだと？　その言葉、そっくりてめえに返してやるぜ！」

「じゃあ、現実をわからせてやろう。おい、一番小さな個体出てこい」

パラワンボスが命じると、背後から一匹の隊虫が前に出てきた。

「こいつはパラワン隊で一番小さな八十八ミリの個体だ。だが、お前ら日ノ本のチビクワガタにとっちゃ大きな個体に入るはずだ」

たしかに言う通りだった。ノコギリ隊で最大のノコギリ藩主でさえ、八十五ミリだった。

「藩主！　俺に奴の相手をさせてください！」

ノコギリ藩主に、ヒラタ隊長が志願した。ヒラタクワガタ属は日ノ本のクワガタムシの中でも外骨格が硬く、気性も荒く戦闘力も高い。パラワン隊の実力を測るには、最適だ。

「おう、いいだろう。やるからには、負けは許されねえ。グチャグチャに潰してこいや！」

「任せてください！　南蛮虫は図体はでかくても、ここが弱いですから！」

ヒラタ隊長が右前肢で左胸部を叩くと飛び立ち、パラワン隊虫と対峙した。

ヒラタ隊長はパラワン隊虫と同じ八十八ミリだが、小さく見えた。理由はすぐにわかった。パラワン隊虫のほうがヒラタ隊長よりも、頭胸腹部が分厚く大顎も太かった。

「日ノ本のクワガタが羨ましいぜ。お前みたいなどチビでも、隊長になれるんだからよ」

パラワン隊虫が見下したように言った。

「お前ら南蛮クワガタは、唇舌で勝負するのか⁉　地面に降りろ！」

ヒラタ隊長が地面に降りた。パラワン隊虫もあとに続いた。クワガタ隊、パラワン隊も地上に降り立ち、二十センチの距離で対峙する二匹を取り囲んだ。

「俺の大顎でぶった切ってやるよ！」

ヒラタ隊長が怒声とともに、パラワン隊虫に突進した。二匹の距離が縮まった。

十センチ、五センチ…パラワン隊虫の大顎が、ヒラタ隊長の大顎を外から挟んだ。バキッという音とともに、ヒラタ隊長の左右の大顎が根元から折れた。パラワン隊虫は、そのまま軽々とヒラタ隊長を後方に投げ捨てた。

大顎を失ったヒラタ隊長は引っ繰り返ったまま、弱々しく六肢(ろくし)を動かしていた。ノコギリ藩主は複眼を疑った。ヒラタ隊長はクワガタ藩の中でも六本の肢(あし)に入る戦闘力なのに、パラワン隊で一番小さな個体に一瞬で戦闘不能に追い込まれた。

八十八ミリの隊虫がこれほどに強いのなら、百二十ミリのパラワンボスはどれだけの戦闘力があるというのか？

「おい、チビクワガタ。俺達とどれだけの実力差があるかわかったか？」

パラワンボスはノコギリ藩主に勝ち誇ったように言いながら、パラワン隊虫に歩み寄った。

「お前の仲間の大顎が立たなかったこいつだが…」

パラワンボスが言葉を切り、パラワン隊虫を大顎で軽く挟んだ。パラワン隊虫の胴部が、瞬時に真っ二つに切断された。

「俺にとっちゃ、この程度の雑魚(ざこ)クワガタだ」

パラワンボスがノコギリ藩主に余裕の表情で言った。

ノコギリ藩主は羽化して初めて、勝てる気のしない相手と対峙した。

「もう一度訊く。俺の軍門に降るなら寿命を奪うことはしない。パラワン隊となって日ノ本昆虫界を制覇するか、チビクワガタのボスとして無残にバラバラにされるか？　どうする？」

「日ノ本昆虫界を制覇するに決まってんだろうが！　ただし、制覇するのはてめえらクソ南蛮クワガタじゃねえっ。俺様、日ノ本のノコギリクワガタだ！」

ノコギリ藩主は頭部を振り上げ大顎を開き、大見得を切った。勝てる確率が僅かでも、退(ひ)くわけにはいかない。日ノ本戦闘昆虫の誇りにかけて…ノコギリクワガタ属の長の誇りにかけて、敵に上翅を向けるわけにはいかない。

「せっかくチャンスを与えてやったのに、馬鹿なオスだ。いいだろう。ボス同士で決着をつけようじゃないか。万が一にでもお前が勝ったら、ウチの配下に肢出しはさせない。だが、俺が勝ったら皆殺しだ。まあ、万に一つでも俺がお前に負けることはありえないがな」

「ありえねえことを、起こしてやるぜ！」

ノコギリ藩主は上翅を広げて飛んだ。予想外の行動に、パラワンボスが大顎を上空に向けた。これまで、戦闘で飛んだことはなかった。意表を突く戦法でなければ、勝機は見出せない。ノコギリ藩主は、パラワンボスの三十センチ上を旋回した。パラワンボスがジャンプしても届かない距離だ。あの大顎の先端にでも挟まれたら瞬殺されてしまう。

パラワンボスもノコギリ藩主の動きに合わせて回った。五度回ったところで、反時計回りに旋回した。パラワンボスも逆方向に回り始めた。ノコギリ藩主は八度回ったところで、ふたたび時計回りに旋回した。パラワンボスの動体複眼力を狂わせる目的だった。

「逃げ回ることしかできないのか？　日ノ本のクワガタは、弱いだけじゃなく卑怯虫だな」

パラワンボスの挑発を、ノコギリ藩主は無視した。言われなくても、ノコギリ藩主が一番屈辱を感じていた。いまだかつて、敵を前にこれほど情けない姿を見せたことはなかった。

ノコギリ藩主は時計回りと反時計回りを交互に繰り返し、いきなり止まった。パラワンボスが動きを止めた瞬間、白濁した液体…糞を複眼に浴びせかけた。パラワンボスが複眼界を奪われた隙を逃さず着地したノコギリ藩主は、横に回り込むとリオックビッグボスとの戦いで折れて槍のように尖った左の大顎で気門を狙った。鉄のような外骨格に覆われたパラワンボスに致命傷を与えるなら、気門しかなかった。

十センチ前方――ノコギリ藩主は、複眼界を奪われ見当違いの方向を向いているパラワンボスの横腹に向かって突進した。

「日ノ本のクワガタを舐めるんじゃねえ！　死ねやーっ！」

ノコギリ藩主は叫びながら、パラワンボスの気門に左の大顎を突き刺した…はずだった。

大顎が到達する寸前、パラワンボスの硬い上翅が気門を隠した。勢いのついていたノコギリ藩主は止まることができず、上翅に衝突した。物凄い衝撃――左の大顎が根元から折れ、ノコギリ藩主は地面に引っ繰り返った。

「お前の戦法くらい、お見通しだ！」

素速く向きを変えたパラワンボスが、垂直に伸びた太く長い大顎でノコギリ藩主の胸部を挟み、高々と抱え上げた。ノコギリ藩主は六肢をバタつかせたが、ビクともしなかった。

かつて体験したことのないような強烈な締め付けに、ノコギリ藩主の意識が遠のいてゆく。

「藩主ーっ！」

藩虫達の悲痛な叫び声が、鼓膜から遠のいてゆく…。お山の大将…井の中の蛙(かわず)だった。

「てめえら、守れなくてすまねえ…」

パラワンボスが大顎を交差させると、地面にノコギリ藩主の頭胸部と腹部が転がった。

☆

「青空高原の城」の大地は、タガメの死骸で埋め尽くされていた。オオスズメバチ藩主の複眼下では、オオエンマハンミョウ隊がタガメ隊の死骸を貪(むさぼ)り喰っていた。

「信じられない…タガメ隊がほぼ全滅だ…」

「水生昆虫の帝王が、呆気なく喰われちまった…」

三十メートルの上空で浮遊飛びしているオオスズメ藩主の周囲で、キイロスズメバチ隊長、コガタスズメバチ隊長が強張った顔で呟いた。無理もない。日ノ本昆虫界でカブト将軍も一複眼置いていたタガメ藩主が一方的に殺られてしまった現実に、オオスズメ藩主も危機感を覚えていた。このままだと、日ノ本昆虫界が南蛮虫に支配されてしまう。

これまでは、勝算のない戦いは避けてきた。だが、そんな悠長なことを言っている場合ではなかった。南蛮カブトや南蛮クワガタが現れる前に、強敵を倒しておく必要があった。オオスズメ藩主は腹部を決めた。

「時はきた」

オオスズメ藩主は翅を振動させ、大顎をカチカチと鳴らした。

ほどなくすると、千を超えるオオスズメ隊の大群が空を黒く染めた。

「皆の虫！　オオエンマ隊を殲滅せよ！　毒霧噴射！」

オオスズメ藩主の号令に、隊虫が、腹部を折り曲げ毒霧を噴霧した。タガメの死骸を喰らっていたオオエンマ隊虫の黒い上翅が毒液に濡れた。

千匹のオオエンマ隊虫が、一斉に頭部をキョロキョロと巡らせた。オオスズメ藩主は、オオエンマ隊虫達の様子を観察した。

十秒、二十秒、三十秒…。相変わらず、オオエンマ隊虫達は頭部をキョロキョロと巡らせていた。一分を過ぎてもオオエンマ隊虫達には、毒が効いているようには見えなかった。やはりピンポイントでなければ、硬い外骨格に覆われたオオエンマ隊虫達には通用しないようだ。

「皆の虫！　よく聞け！　奴らの外骨格に毒針は通らない。狙うは二カ所…大顎の中央の唇舌か中肢のつけ根だ。前肢と後肢のつけ根は大顎で反撃される可能性があるから狙うな。奴らの動きは敏捷だ。油断するな！」

　オオスズメ藩主の助言と忠告に、藩虫達の力強い返事が響き渡った。

「出陣だ！」

　先陣を切って、オオスズメ藩主が下降した。二千匹の藩虫があとに続いた。

「奴ら！　喰う！　喰う！　喰う！　喰う！　喰う！　喰う！　喰う！」

　襲撃に気づいたオオエンマボスが、武者震いを始めた。

「奴ら！　喰う！　喰う！　喰う！　喰う！　喰う！　喰う！　喰う！」

　オオエンマ隊虫が、オオエンマボスのあとに続き武者震いを始めた。オオスズメ藩主は、オオエンマボスを狙って下降した。

　オオスズメ藩主が三十センチまで接近したときに、オオエンマボスが跳躍してきた。計算済みだった。オオスズメ藩主は腹部を前方に折り曲げ、毒液を噴霧した。致命傷を与える目的ではなく、オオエンマボスを撹乱するのが狙いだった。毒液を複眼に浴びたオオエンマボスは、バランスを崩し地面に落下した。

　オオスズメ藩主は毒針を出した状態で急下降し、仰向けになり六肢をバタつかせるオオエンマボスの中肢のつけ根を狙った。オオスズメ藩主が毒針を刺そうとした瞬間、跳び起きたオオエンマボスが大顎を開き襲いかかってきた。

　オオスズメ藩主は寸前で身を躱し、上空に飛んだ。胸部から流れ出る体液――躱し切れていなかった。オオエンマボスの大顎が掠り、オオスズメ藩主の胸部は切り裂かれていた。

あと半秒反応が遅れていたら、オオスズメ蜂主の身体は真っ二つになっていたことだろう。

オオスズメ蜂主は戦況を見渡した。多くの蜂虫がオオエンマ隊虫に咬み殺され、喰われていた。一方のオオエンマ隊虫のほうの死骸は、ほとんど見当たらなかった。

「下りろ！　喰う！　下りろ！　喰う！　下りろ！　喰う！　下りろ！　喰う！」

私は、勝てるのか？

オオスズメ蜂主は、武者震いするオオエンマボスを見据えて自問自答した。オオスズメ蜂主の複眼には、次々と寿命を奪われる蜂虫の姿が映っていた。倍以上いたはずのハチ蜂の蜂虫達が、オオエンマ隊と同じくらいの数になっていた。一刻も早く、攻略法を見つけなければオオスズメ隊の死骸がそこら中を埋め尽くすことになるだろう。

「下りろ！　喰う！　下りろ！　喰う！　下りろ！　喰う！　下りろ！　喰う！」

相変わらずオオエンマボスは、太く長い大顎でガチガチと空気咬みしながら跳躍していた。

オオスズメ蜂主は急下降し、オオエンマボスの背後に着地した。すかさず俊敏な動きで、オオエンマボスが百八十度回転した。想像以上に素速い動きだ。だが、俊敏さではオオスズメ蜂主も負けてはいない。オオスズメ蜂主は、ふたたびオオエンマボスの背後に回り込んだ。背後を取られないように、オオエンマボスも百八十度回転した。

オオスズメ蜂主は同じ速さで時計回りに走りながら、オオエンマボスの背後の位置を取り続けた。いらついたように、オオエンマボスが独楽（こま）のように回り続けた。オオスズメ蜂主も、同じ速さで回り続けた。オオスズメ蜂主は時計回りに走りながら、オオエンマボスの右後肢の関節を小刻みに咬んだ。
五、六回咬んだところで、オオエンマボスの関節から先がちぎれた。続けてオオスズメ蜂主いちぎられた。
は、左後肢の関節を咬んだ。右後肢と同じように、オオエンマボスの左後肢の関節から先が喰

左右の後肢の関節から先を失ったオオエンマボスの動きは、明らかに鈍くなった。オオスズメ蕃主は一気に畳みかけるように、右中肢、左中肢の関節から先を切断した。まともな状態の肢が前肢だけになったオオエンマボスは、回転することができなくなっていた。

オオスズメ蕃主は余裕を持って、オオエンマボスの左右の後肢と中肢をつけ根から咬みちぎった。本当は前肢も奪えばオオエンマボスは完全に動けなくなるが、大顎が近いので咬まれる危険度も高い。オオスズメ蕃主は、オオエンマボスの正面に回った。

中肢も後肢もないので、オオエンマボスは飛びかかってくることができない。オオエンマボスとの距離は二十センチ…迂闊に近づかないかぎり、咬まれることはない。だが、近づかなければオオエンマボスの寿命を奪うことはできない。

オオスズメ蕃主は飛び立ち、オオエンマボスの十センチ上で浮遊飛びした。いまのオオエンマボスは跳躍できないので、この距離でも安全だ。

「下りろ！　喰う！　下りろ！　喰う！　下りろ！　喰う！　下りろ！　喰う！」

四肢を喰いちぎられても、凶暴さは健在だった。オオスズメ蕃主は浮遊飛びしながら、どの角度、どのタイミングでオオエンマボスの唇舌に毒針攻撃を仕掛けるかに思惟を巡らせた。

突然、大顎をカチカチと鳴らしながらオオエンマボスが跳躍してきた。意表を突かれたオオスズメ蕃主は、寸前のところで上昇してオオエンマボスの攻撃を躱した。危なかった。あと一秒反応が遅れていたら、真っ二つにされていた。

まさか、前肢だけで跳躍するとは…恐るべしオオエンマボスの身体能力だ。

地上に落下したオオエンマボスは上を向き、上空のオオスズメ藩主に威嚇を続けていた。四本の肢を失ったとはいえ、戦闘力は侮れない。やはり、正面からの攻撃は避けるべきだ。オオスズメ藩主は急下降し、オオエンマボスの側腹部を頭部で突き上げるようにぶつかった。

引っ繰り返り仰向けになるオオエンマボスは懸命にもがいていたが、前肢しかないのでバランスが取れずに起き上がれないでいた。勝機到来――オオスズメ藩主は腹部を前に突き出し、急下降した。仰向けでもがくオオエンマボスのちぎれた右後肢のつけ根に、毒針を打ち込んだ。

たっぷりと毒液を注入したオオスズメ藩主は上空に飛んだ。複眼下のオオエンマボスが、前肢で宙を掻きながら悶え苦しんでいた。

「俺！　死ぬ！　俺！　死ぬ！　俺！　死ぬ…俺…死…ぬ…」

オオエンマボスの前肢の動きが次第に弱くなり、やがて完全に止まった。

オオスズメ藩主は上空で浮遊飛びし、死闘を繰り広げる藩虫達を見下ろした。

「皆の虫に告ぐ！　オオエンマハンミョウの背後に回り込み、後肢と中肢を咬みきれ！　奴らの動きが止まったら引っ繰り返して、後肢のつけ根に毒針を打ち込むんだ！」

オオスズメ藩主の号令に、藩虫達が一斉に飛んだ。

「それでいい」

オオスズメ藩主は藩虫達の攻撃に、満足げに頷き飛び立った。結果を見届けるまでもなく十五分もすれば形勢逆転し、三十分後には勝敗が決するだろう。

オオスズメ藩主は、カブト将軍の領地である「クヌギの森の城」に向かった。

第十章 カブト護衛隊

「僅か数日のことなのに、数週間ぶりに戻ったような気がするな」

切り株の玉座に乗ったカブト将軍が、生い茂るクヌギの木を見渡しながら言った。

「クヌギの森の城」には、各藩の面々が集結していた。

「本当に、大変な数日でした。謀反から始まって、毒蟲族との戦いですからね」

木の枝に止まったオニヤンマ藩主が、気門から息を漏らした。

「おまけに南蛮虫なんて、化け物みたいな虫達まで侵略してくるとは…」

樹皮に止まったシロスジカミキリ藩主が、表情を曇らせた。

「将軍様！　報告です！　タガメ藩主が…南蛮ハンミョウに寿命を奪われました！」

クロゴキブリ藩主が、物凄い速さでカブト将軍の前に走ってきた。

「タガメ隊に追い詰められた南蛮サソリの前に、突然、南蛮ハンミョウの大群が現れました。体長はノコギリクワガタ藩主と同じくらいでしたが、厚みは倍くらいありました。それに、外骨格は日ノ本の甲虫より遥かに硬そうで、タガメ藩主の口針がまったく通用せず…」

重厚な翅音が、クロゴキ藩主の声を掻き消した。オオスズメバチ藩主と十匹のオオスズメ隊虫が、カブト将軍に向かって飛んできた。

「挨拶は省きます。タガメ藩主の寿命を奪った、南蛮ハンミョウのボスを仕留めました。いま頃、ハチ藩が南蛮ハンミョウ隊を制圧していると思います」

「まあ！　南蛮の巨大ハンミョウを仕留めるなんて、お肢柄だわ！」

オオカマキリ藩主が、オオスズメ藩主を称えるように両鎌肢を叩いた。

「喜ぶのは早いです。もう一つ、悪い報告があります。ここに向かう途中で、バラバラになったノコギリクワガタ藩主と藩虫達の死骸を発見しました」

「なんだと⁉　間違いないのか⁉」

カブト将軍は身を乗り出した。

「ええ、クワガタ藩はほぼ全滅でしょう。確証はありませんが、やったのは南蛮クワガタだと思います。コオロギ、ハンミョウ、クモがあの大きさなら、南蛮には百ミリ超えのクワガタがあたりまえにいるでしょう。日ノ本のクワガタでは太刀打ちできません」

「百ミリ超えの南蛮クワガタ…そんな化け物が侵略してきたら、勝ち目なんてないですよ！」

シロスジ藩主が、絶望的な声を上げた。

「将軍！　一刻も早く避難しましょう！」

アオカナブン藩主が、逼迫した声で進言してきた。

「彼らの言う通りです。いま南蛮クワガタに攻め込まれたら、勝ち目はありません。南蛮ハンミョウを仕留めたのも、やっとでした。その数倍は戦闘能力が高い南蛮クワガタには、私達が束になってかかっても勝てる保証はありません。将軍。ここは一度撤退しましょう」

オオスズメ藩主が、カブト将軍に複眼を移して進言した。

「南蛮クワガタとやらがどれだけ強敵であっても、俺は敵に背部を見せる気はない」

「逃げるわけではありません。一度退いて、戦略を練り直すべきだと言っているんです。ここで将軍が寿命を奪われたら、日ノ本昆虫界は南蛮虫に支配されてしまいます」

「多くの藩虫達が、勇敢に戦い寿命を落とした。俺だけが逃げるわけにはいかない」

「あなたもわからない虫ですね。日ノ本昆虫界の将軍が倒れれば、死骸になった藩虫の仇を討つこともできないんですよ？」

オオスズメ藩主が、根気よく進言を続けた。

「だったら、お前らハチ藩はカブト隊以外の昆虫達を連れて撤退しろ。我がカブト隊は、南蛮クワガタであれ南蛮カブトであれ迎え撃ち撃退する。万が一、俺の寿命が奪われたらお前が将軍となるがいい。俺が生き残っても、将軍の座を奪うつもりだったんだろう？」

カブト将軍は、オオスズメ藩主の心を見透かしたように言った。

南蛮虫を殲滅した後、オオスズメ藩主はカブト隊に攻撃を仕掛ける腹部積もりであろうことをカブト将軍は知っていた。オオスズメ藩主の最終目的は、オオスズメ新幕府を作ることだ。

「そんなことは、考えていませんよ」

「惚けなくていい。俺がやられたら、日ノ本昆虫界を頼む。だから、お前らこそ撤退しろ」

「えっ…」

意表を突くカブト将軍の言葉に、オオスズメ藩主は絶句した。

「馬鹿にしないでください。私が日ノ本昆虫界の虫王の座を狙っているにしても、南蛮虫の肢を借りようとは思いません。私自身の大顎と毒針であなたを倒し、覇権を掴んでみせます」

オオスズメ藩主は、鋭い複眼でカブト将軍を見据えた。カブト将軍もオオスズメ藩主を見据えた。本音を言えば、オオスズメ藩主の力を借りたかった。だが、ノコギリ藩主とタガメ藩主が亡き虫となったいま、カブト隊以外で日ノ本昆虫界を守れるのはオオスズメ隊しかいない。

カブト隊とオオスズメ隊が全滅するわけにはいかない。

「将軍様！　みんなで、日ノ本昆虫界を守りましょう！」

オオカマ藩主が熱っぽい口調で訴えた。

「ともに戦いましょう！」

オニヤンマ藩主が力強く言った。

「将軍、こうなったら、私達が一丸となって南蛮クワガタを倒しましょう」

オオスズメ藩主が、右前肢を差し出してきた。

腹部を決めた。日ノ本昆虫で力を合わせ、南蛮クワガタ…いや、南蛮虫連合軍を必ず殲滅する。カブト将軍は右前肢(ぜんし)を差し出し、オオスズメ藩主と握肢した。

☆

体長百二十ミリのパラワンオオヒラタクワガタボスとスマトラオオヒラタクワガタサブボスを先頭に、千匹のパラワン隊と五百匹のスマトラ隊が「クヌギの森の城」に向かい飛んでいた。

世界一の体長のパラワンボスと世界一の体重のスマトラサブボスは、戦闘力一、二を争うライバルだ。パラワンボスは天才的な戦闘スキルを誇りスマトラサブボスはクワガタ界一のパワーを誇る、甲乙つけ難い実力虫だ。だが、既に勝負は決していた。

二匹は前にクワガタ王を決めるために差しで勝負し、パラワンボスが圧勝した。たしかにスマトラサブボスの破壊力は相当なものだが、戦闘センスが違い過ぎた。カブト将軍の居場所は、日ノ本のクワガタの寿命を奪う前にパラワンボスが訊き出したのだった。

「パラワンボス！　あれがそうじゃないですか⁉」

重戦車のような分厚い体躯（たいく）のスマトラサブボスが、百メートル先の森を肢差した。

「よし！　さっさと日ノ本カブトをぶっ潰して、俺ら南蛮クワガタが支配するぞ！」

「クヌギの森の城」まで二十メートルを切ったところで、宙に黒い大群が現れた。

「ボス！　あれは…」

「日ノ本カブトだ。そっちから出てくるとは、手間が省けたぜ！　お前がショーグンか？」

パラワンボスは小馬鹿にしたように訊（たず）ねた。

「お前らごときに将軍が出るまでもない。お前らの相手は、カブト護衛隊隊長の俺で十分だ」

カブト護衛隊長が、パラワンボスを睨みつけてきた。背後には、パラワン隊と同じくらいの隊虫がいた。

「なんだ。クワガタも小さかったが、日ノ本のカブトも小せえな。パラワン島には、お前らと同じくらいのサイズのカナブンがゴロゴロいるぜ」

「お前らの思うようにはさせん！」

カブト護衛隊長が突進してきた。

「お前ごときの雑魚（ざこ）が、俺と勝負しようなんて一年早い！　お前、相手してやれ！」

パラワンボスは、スマトラサブボスに命じた。

「任せてください！　秒殺してやりますよ！」

スマトラサブボスも、カブト護衛隊長に突進した。三メートル、二メートル、一メートル…

スマトラサブボスが、大顎を開いた。

「勝負あったな」

パラワンボスは薄笑いを浮かべた。

スマトラサブボスが大顎で挟もうとしたとき、カブト護衛隊長の身体が沈んだ。気づいたときには、カブト護衛隊長の頭角が腹部に差し込まれていた。次の瞬間、スマトラサブボスが宙に投げ飛ばされた。

「なに⁉」

パラワンボスは複眼を疑った。

スマトラサブボスが宙で体勢を立て直し、ふたたびカブト護衛隊長に突進した。

「舐めるんじゃねえぞ！」

スマトラサブボスがカブト護衛隊長の胴部を狙って、大顎を勢いよく閉じた。カブト護衛隊長が寸前のところで身を沈め、頭角で腹部を突き上げた。

「そんなチビカブトに、なにやってんだ！」

パラワンボスは怒声を浴びせたが、内心、驚いていた。南蛮カブトにはない速さと頭角の技術…。さすがは、日ノ本最強昆虫と言われるだけのことはある。

「この野郎っ、ちょこまか動きやがって！」

スマトラサブボスが樹木に向かって飛ぶと、クヌギの幹に止まった。

「ここで勝負だ！　受ける勇気あるか？」

空中戦とは違い樹上での戦いは、動きが制限されるぶん力勝負の度合いが強くなる。恐らく、カブト護衛隊長はスマトラサブボスの誘いに乗らないだろう。

「戦場で敵に背を向けるのは、敗北より恥ずべき姿だ」

パラワンボスの予想に反し、カブト護衛隊長は幹に降り立った。

「あいつ…頭部がおかしいのか⁉」

パラワンボスは、ふたたび我が複眼を疑った。どんな卑怯な戦法を使ってでも勝つことが最優先のパラワンボスには、自ら圧倒的に不利な戦いに挑む気持ちがわからなかった。

「自分から敗れにきたか。日ノ本の昆虫は戦いだけじゃなく、頭部も弱いみてえだな」

スマトラサブボスが嘲笑った。

「我ら日ノ本カブトの教えは、敵を敬えだ。だが、お前らにはそんな価値はないようだな」

「かっこつけてんじゃゃねえ！」

スマトラサブボスが大顎を広げ突進した。カブト護衛隊長は頭角を低く樹皮につけ、微動だにしなかった。五センチ、四センチ、三センチ、二センチ…カブト護衛隊長は頭角をスマトラサブボスの腹部に差し入れた。

「同じ肢が通用するか！」

スマトラサブボスがカブト護衛隊長の頭角を挟み、軽々と持ち上げた。

「おらおらおらおら！　サムライなんだろう⁉　死ねや！」

スマトラサブボスが嘲りながらカブト護衛隊長を振り回し、樹皮に叩きつけた。

「死ね！　死ね！　死ね！　死ね！」

カブト護衛隊長は、成す術もなく何度も樹皮に叩きつけられた。

「隊長を援護するぞ！」

副隊長が叫んだ。

「肢を…出すな！　これは…差しの勝負だ！」

樹皮に叩きつけられながら、カブト護衛隊長が副隊長を制した。

「ショーグンとやらを気にする前に、てめえの寿命を心配しやがれ！　遊びは終わりだ！」

スマトラサブボスが後肢(こうし)で立ち上がり、カブト護衛隊長を垂直に持ち上げ、勢いよく樹皮に叩きつけた。カブト護衛隊長の頭角が、衝撃で真ん中から折れてしまった。

「自慢の角が折れちまって、フンコロガシみたいになっちまったな。止(とど)めだ！」

スマトラサブボスが大顎を開き、カブト護衛隊長を挟もうとした。

間一髪で身を起こしたカブト護衛隊長は、フラフラと飛翔した。

「戦場で敵に背を向けるのは、敗北より恥ずべき姿じゃねえのか？」

皮肉っぽく言いながらスマトラサブボスも飛翔し、カブト護衛隊長を追った。満身創痍のカブト護衛隊長の飛翔速度は遅く、五十センチの距離が一気に縮まった。

「ここまでだな。次は、俺様がショーグンとやらをバラバラにして日ノ本の王になるか」

二匹の戦いを見物していたパラワンボスが、余裕綽々(しゃくしゃく)の表情で笑った。

「そんなスピードでは逃げられんぞ！　いっそのこと、俺が真っ二つにしてやるぜ！」

二匹の距離が二十センチを切ったときに、突然、逃げていたカブト護衛隊長が振り返った。

「おお！　潔(いさぎよ)く俺に殺される気になったか⁉」

スマトラサブボスの高笑いが、途中で止んだ。カブト護衛隊長はそれまでの、のろのろぶりが嘘のように、俊敏な動きでスマトラサブボスの懐に飛び込み六肢(ろくし)でしがみついた。

「こ、こいつ…離せ！」

「俺の寿命に代えても、日ノ本を南蛮虫には渡さん！」

カブト護衛隊長は叫び、一気に急下降した。

「おいっ、こら！　なにをする！　離さんか！」

カブト護衛隊長は、スマトラサブボスにしがみついたまま急下降のスピードを上げた。

「あいつ！　まさか！」

パラワンボスは、二匹が急下降する先…剥き出しの岩に複眼を向けた。

「将軍様！　お護りできなくて無念です！」

カブト護衛隊長は叫び、スマトラサブボスとともに岩と衝突した。衝撃音とともに、二匹の頭部、胸部、胴部、六肢がそこここに散乱した。

「なっ…」

パラワンボスは絶句した。正攻法では敵わないと判断したカブト護衛隊長は、自らの寿命と引き換えにスマトラサブボスを道連れに玉砕を選んだのだ。

「隊長！」

カブト護衛隊の面々が、体液声で叫んだ。

動転しているのは、スマトラ隊も同じだった。スマトラ隊長が、鬼の形相で隊虫達に命じた。

「ボスのリベンジだ！　日ノ本カブトを、皆殺しにしろ！」

「勝手な真似をするな！　命令するのは俺だ！」

パラワンボスは五メートル先のスマトラ隊長のもとに飛翔し、まっすぐ伸びた巨大な大顎で、スマトラ隊長の頭胸部と腹部の繋ぎ目を挟み込んだ。

「チビカブト如きを倒せなかった情けないお前らのボスは、もういない。これからは、スマトラ隊は俺の指揮下に入って貰う！」

パラワンボスが大顎を交差させると、スマトラ隊長の頭胸部と腹部が二つにちぎれた。

「俺に従えない虫はこうなる！　咬みちぎってやるから、遠慮なしに出てこい！」

パラワンボスがスマトラ隊の隊虫を見渡すと、みな、一斉に複眼を伏せた。

「安心しろ。お前らの元ボスより、俺は遥かに強い。さあっ、さっさとショーグンを殺して日ノ本の樹液を吸い尽くすぞ！」

パラワンボスは隊虫達に命じると、「クヌギの森の城」に向かって飛翔した。

「ここからは、一センチも通さない！」

千匹のカブト護衛隊が、パラワンボスの行く手を塞いだ。

☆

「将軍。カブト護衛隊長の戻りが、遅くないですか？」

戦に備え、森で一番の巨木の樹液を吸っていたカブト将軍にオオスズメ藩主が訊ねてきた。

カブト護衛隊長が南蛮クワガタの偵察に出て、既に半刻が過ぎていた。

「私達が見てきます」

「俺も行く」

飛翔しようとするオオスズメ藩主に、カブト将軍は言った。

「まずは、私達オオスズメ隊が…」

「いや。そんな猶予はない」

虫の予感がした。とてつもなく不吉な、虫の予感が…。

「カブト隊とオオスズメ隊だけで行く。お前らは、ここに残ってろ」

カブト将軍は、藩主達に命じた。カブト将軍とオオスズメ藩主が飛び立つと、二千匹のカブト護衛隊と三千匹のオオスズメ隊があとに続いた。

☆

千匹の巨大な南蛮カブトムシの大群が、「クヌギの森の城」を目指して飛翔していた。

「ここが日ノ本でごあすか。気候がよくて、樹液がうまそうでごあす。カブト界のキングオブキングのエレファスゾウカブト様の底なしの胃袋を満たすには、最適な国でごあすな」

黄金の外骨格、百五十ミリの体長、百グラムの体重…ゾウカブト隊のボスであるエレファスゾウカブトは、体長でこそ百八十ミリのヘラクレスオオカブトボスに劣るが、体重では世界一重いカブトムシだった。

「わしらも腹ペコです。早いとこ日ノ本のちびっこ昆虫どもを皆殺しにして、樹液を吸いまくりましょうや！」

体長百四十ミリ、体重八十グラムのサブボス、アクティオンゾウカブトが言った。

「それにしても、日ノ本のカブトは最大の個体でも八十ミリしかないらしいっすね。わしらの一番チビな個体でも、それくらいありますわい」

体長百三十ミリ、体重七十グラムのマルスゾウカブトが嘲笑った。

「ボス！　あれを見てください！」

アクティオンサブボスが、右前肢で前方を指した。十メートル先から、一匹のスマトラオオヒラタクワガタが猛スピードで飛んできた。

「おまんは、スマトラ隊のクワガタでごあすな？　そんなに慌ててどうしたでごあす？」

「肢を貸してください！　ウチのボスが日ノ本のカブトと相討ちで寿命を失い、パラワンボスに支配されたんです！」

「日ノ本のカブトと相討ちでごあすか⁉　それは、間違いないでごあすか⁉」

「間違いないです！　この複眼でたしかに見ましたから！」

「その日ノ本のカブトは、ショーグンとか呼ばれてる昆虫か⁉」

今度は、アクティオンサブボスが訊ねた。

「いえ、ナンバー2のようでした」

「ナンバー2だって⁉　ナンバー2に、スマトラ隊のトップがやられたというのか⁉　ボス！　こやつの話が本当なら、日ノ本カブトは相当の戦闘力の持ち主ですわい！」

アクティオンサブボスの体液相が変わった。

「たしかに、相討ちとはいえ大金星でごあすな。でも、心配ご無用でごあす。南蛮カブト界のキングオブキングのおいどんがいるかぎり、ショーグンとやらも一ひねりでごあす！」

「いえ、いまは日ノ本カブトより先にパラワンボスをなんとかしてほしいんです！」

「おいどんに任せるでごあす。パラワンボスに、ビシッと言い聞かせるでごあすよ」

「口で言って聞くような虫じゃないです！　だからといって戦闘力も半端ないし…あの、ヘラクレスキングは日ノ本にこないんですか？　いえ、コーカサスオオカブトボスでも構いません！　あの二匹なら、パラワンボスと互角以上に戦えると…」

「ちょっと待つでごあす！　おいどんでは虫不足とでも言いたいでごあすか？」

エレファスボスが、スマトラ隊虫を複眼で睨みつけた。

「あ、いえ、虫不足だなんて思っていません。エレファスボスの強さは知ってます。ただヘラクレスキングや、コーカサスボスのほうがパラワンボスに勝てる確率が高いと…」

「おいどんの戦闘力があやつらに劣っとるかどうか、頭胸腹部を以て思い知るでごあすよ！」

エレファスボスが、スマトラ隊虫に向かって猛スピードで飛んだ。

「ドスコーイ！」

エレファスボスが百グラムの全体重を乗せ、スマトラ隊虫に頭角でカチあげを食らわせた。

弾き飛ばされたスマトラ隊虫の頭部、胸部、腹部、六肢が宙でバラバラに飛散した。

「おいどんのカチあげを食らったら、どんな昆虫もバラバラでごあすよ！　さあ、パラワンボスとショーグンカブトをぶちかましに行くでごあすよ！」

エレファスボスの号令に、ゾウカブト連合隊の巨大な影が動き始めた。

「ボス！　本当にパラワン隊と一戦交える気ですか？　あいつらなかなか手ごわいですぜ。クワガタの争いなんぞほっといて、『クヌギの森の城』を奪ってたらふく樹液を吸いましょうや」

エレファスボスの隣を飛びながら、アクティオンサブボスが進言してきた。

「おいどんのカチあげの威力、見たでしょうが！　パラワン隊なんぞ、バラバラでごんす！」

「それもそうっすね！　ボスの重爆カチあげを食らえば、パラワンどころかカラスもヘビもバラバラですわい！」

アクティオンサブボスの言葉に、ゾウカブト隊虫から爆笑が沸き起こった。

「おいっ、あれはなんだ！」

前方を爪差し叫ぶマルスゾウカブトの声に、ゾウカブト隊虫の笑い声がピタリと止んだ。十メートル前方から、ゾウカブト連合隊と遜色ない巨大な影の集合体が迫ってきた。

エレファスボスの三メートル先で、影の集合体が止まった。

「おいこらくそデブ！　てめえら、こんなところでなにやってんだ！　おら！」

前列中央にいた一匹のひと際大きな影が、エレファスボスに口汚い怒声を浴びせてきた。百四十ミリの鎧（よろい）のような外骨格、胸部から突き出た巨大な二本の胸角、頭部から突き出たさらに巨大な頭角…世界最凶のカブトと恐れられるコーカサスオオカブトのボスだった。

コーカサスボスの背後には、千匹のコーカサス隊虫が浮遊飛びしていた。カブトムシの中で世界一硬い外骨格、世界一荒い気性、世界一の殺傷力…世界最大のヘラクレスオオカブトと並び最強昆虫を競う一方の雄だ。

「おいどんをくそデブと言ったでごあすか!?　おまんらこそ、なにしにきたでごあすか！」

エレファスボスがコーカサスボスを睨みつけ、野太い声で言い放った。

「くそデブがなに勘違いしてんだ！　うら！　てめえらみてえなくそデブの集団に、パラワンボスを倒せるわきゃねえだろうが！　寝ぼけたこと言ってんじゃねえぞ！　刺し殺すぞ！」

コーカサスボスが浮遊飛びしながら、凶暴に頭角を突き上げた。背後のコーカサス隊虫達も、同じように頭角で空を突きまくっていた。

「痛（いて）ぇな！　なにすんだてめえ！」

「おう！　なんじゃワレ！　喧嘩（けんか）売ってんのかい！」

頭角の接触を発端に、コーカサス隊虫同士が喧嘩を始めた。

「こら！　なに刺してんじゃい！」

「おめえが先だろうが！」

一組の喧嘩をきっかけに、そこここでコーカサス隊虫同士が頭角をぶつけ合い始めた。

「おいどん達の心配をするより、おまん達の隊虫の心配をしたほうがよかでごわすな」

エレファスボスが高笑いした。

「おらっ、くそデブ！　余裕かましてねえでかかってこいや！　ちびって動けねえか！」

エレファスボスが、コーカサスボスに向かって猛スピードで飛んだ。

「おいどんを怒らせたことを、後悔させるでごんす！」

「おいどんのカチあげで、バラバラにするでごあす！」

二匹の距離がぐんぐん縮まった。

「ドスコーイ！」

エレファスボスのカチあげが決まった…と思った。違った。

コーカサスボスの二本の胸角と頭角のトライアングルゾーンに、エレファスボスの巨体がガッチリとロックされてしまった。

「てめえの動きは、スローモーションみてえに遅いぜ！　死ねや！　うりゃ！」

コーカサスボスが、頭角を何度も突き上げた。二本の胸角にロックされて動けないエレファスボスの胸腹部は、頭角で何度も串刺しにされてあっという間にハチの巣状態になった。

「おりゃあーっ！　見ろや！　これがてめえらのくそデブボスだ！」

コーカサスボスが後肢で立ち上がり、串刺しにしたエレファスボスを晒し虫にした。

☆

「クヌギの森の城」を飛び立った五千匹のカブト隊とオオスズメ隊が、碧空を黒く染めた。

「謀反したお前と力を合わせて戦うとは、皮肉なものだな」

カブト将軍は、隣を飛翔するオオスズメ藩主に言った。

「南蛮虫を殲滅しなければ、私と将軍が雌雄を決することもできないわけですから」

「たしかに、お前の言う通りだ。いまは、南蛮クワガタを倒すことが最優先…」

カブト将軍は言葉の続きを呑み込んだ。カブト将軍の複眼の五メートル先で、パラワンオオヒラタクワガタ隊とカブト護衛隊が壮絶な戦いを繰り広げていた。

「あれは本当にクワガタなのか…」

カブト将軍は気門から酸素を呑んだ。日ノ本のクワガタを見慣れているカブト将軍にとっては、眼前でカブト護衛隊を圧倒しているパラワン隊の巨大さが信じられなかった。

「予想通りの劣勢ですね」

オオスズメ藩主が冷静な口調で言った。パラワン隊の太く長い大顎に挟まれ、カブト護衛隊の隊虫達が次々と切断されていた。パラワン隊は千匹ほどいるのにたいし、同じ数ほどいたカブト護衛隊の数は三分の一になっていた。

「俺は日ノ本カブト幕府の将軍だ！　南蛮クワガタのボスよ、姿を現せ！」

カブト将軍はひと際高く飛び、大声で呼びかけた。このまま全面衝突しても、やられてしまう可能性が高い。だが、パラワンボスを倒せば話は違う。絶対的な存在を失い士気が下がったパラワン隊になら、勝機は見出せる。

「パラワンボスに差しの勝負を挑むのは無謀です。奇襲攻撃で寿命を奪いましょう」

上空に飛んできたオオスズメ藩主が、カブト将軍に進言した。

「俺は誰にも背部を見せない。それに、敵の大将の頭部を取らないかぎり、勝ち目はない」

「あなたの寿命を奪われたら、元も子も…」

「お前がショーグンか？」

　オオスズメ藩主の声を、パラワンボスが遮った。

「いかにも。貴様が南蛮クワガタの大将か？」

　訊ねなくてもわかった。対峙したパラワンボスは、巨大な隊虫よりもさらに一回り大きかった。ノコギリ藩主と比べると、縦も横も分厚さも倍はあった。

「そうだ。寿命乞いしても無駄だ。お前らを皆殺しにして、この森は俺らが貰うぜ」

「日ノ本昆虫界を貴様ら南蛮虫の好きにはさせん！」

　カブト将軍は頭角を垂直にしてパラワンボスに突進した。樹皮には誘わず空中戦を挑んだ。体格差を考えると、機動力を活かせる場所のほうがまだ勝機があった。

「将軍！　正面からは無茶です！」

　オオスズメ藩主の声を振り切るように、カブト将軍は速度を上げた。

「自ら死ににきたか！」

　パラワンボスが大顎を開き、カブト将軍を迎え撃った。

「貰った！」

　パラワンボスが大顎を閉じる寸前、カブト将軍は身体を沈めた。空を切る大顎――カブト将軍は下からパラワンボスの左の複眼を頭角で突き上げた。

「うぁっ…」

　予想外の攻撃…激痛に、パラワンボスは怯んだ。

「さすがはカブト将軍だ。私も複眼を狙うだろう。だが、私の針と違って頭角には毒がないので致命傷にはならない。この機を逃せば勝ち目は一パーセントもない」

オオスズメ藩主は一匹ごちた。

「こっちもやることはやっておくかな。皆の虫！　パラワン隊虫の複眼と気門を狙え！」

オオスズメ藩主は号令をかけながら、隊虫からサブボスと呼ばれているパラワンに向かって飛んだ。パラワンボスよりは小さいが、それでもゆうに百ミリを超えていた。

「なんだ、お前⁉」

「お相手して貰えますか？」

オオスズメ藩主は十五センチ手前で止まり、浮遊飛びしながら言った。

「ハチ如きが、俺にタイマンを挑むだと⁉」

「はい。申し訳ありませんが、寿命を頂きます」

オオスズメ藩主は腹部を前に突き出し、毒液をパラワンサブボスの唇舌に浴びせた。不意を衝かれたパラワンサブボスが宙でバランスを崩した。

「援護します！」

オオスズメ隊虫が、動転するパラワンサブボスの真上から攻撃を仕掛けた。

「駄目だ！　戻れ！」

オオスズメ藩主は叫んだ。オオスズメ隊虫がパラワンサブボスの右複眼を狙い、急下降した。距離が五センチを切ったとき、突然、パラワンサブボスが頭部を振り上げ大顎を開閉した。一瞬で、オオスズメ隊虫の体が二つにちぎれた。

「愚か虫が…」

オオスズメ藩主は頭部を巡らせた。危惧した通り、オオスズメ隊虫達はそこここで頭胸部と腹部に切断されていた。

「不用意に近づくな！　彼らクワガタムシは、触角で敏感に空気の振動を察知して敵との位置を把握する！」

オオスズメ藩主は、大声で隊虫達に命じた。

「ほかの虫じゃなくて、自分のことを心配したらどうだ！」

パラワンサブボスが、オオスズメ藩主に突進してきた。オオスズメ藩主も複眼を狙って突進した。三十センチ、二十五センチ、二十センチ……。突然、パラワンサブボスが物凄い勢いでスクリューのように回転し始めた。

パラワンサブボスは、複眼を狙われることを察知したに違いない。動きが速過ぎて、複眼に狙いを定めることができなかった。複眼だけではなく、毒霧噴霧も通用しない。驚くべきことに、パラワンサブボスは回転しながら大顎を開閉していた。このままだと、複眼に毒針を打ち込む前に挟み切られてしまう。

オオスズメ藩主は、パラワンサブボスのサイドに回った。複眼がだめなら気門を狙うしかない。だが、回転を続けるパラワンサブボスの気門に毒針を打ち込むのも不可能だ。向きを変えたパラワンサブボスが、ふたたびオオスズメ藩主に突進してきた。オオスズメ藩主は、ひとまず上空に退避した。このままではまずい。あの動きをされているかぎり、オオスズメ藩主が致命傷を与える攻撃はできない。かといって逃げ続けてばかりいれば、いつかは殺られてしまう。

オオスズメ藩主は周囲を見渡した。カブト隊もオオスズメ隊も、次々とパラワン隊に切断されていた。数の上では劣勢だが、パラワンボスとパラワンサブボスの寿命を奪えばパラワン隊の士気は下がり、一気に形勢逆転するだろう。だが、カブト将軍とオオスズメ藩主といえども、パラワン隊のナンバー1とナンバー2を倒すのは容易ではなかった。

カブト将軍、そっちは頼みましたよ。

オオスズメ藩主は心で語りかけ、回転を続けるパラワンサブボスの背後に回った。飛翔スピードではオオスズメ藩主が圧倒的に勝っているので、背後を取るのは簡単だった。オオスズメ藩主は、パラワンサブボスの背後にピタリと付いたままスクリュー回転のタイミングを計った。

いまだ！

オオスズメ藩主は、パラワンサブボスの右後肢をつけ根から咬み切った。間を置かずに左後肢、左中肢(ちゅうし)、右中肢と咬み切った。

「てめえは日ノ本のハチのボスだろうが！　正々堂々と戦ってみろ！」

回転しているパラワンサブボスは、己の肢が四本も咬みちぎられたことに気づいていない。

「じゃあ、正々堂々と戦います。ついてきてください」

オオスズメ藩主はパラワンサブボスの正面に姿を現し、急下降した。目論見(もくろみ)に気づいていないパラワンサブボスがあとに続いた。オオスズメ藩主は朽ち木の倒木に降り立った。

「馬鹿か！　空中戦ならまだ逃げ回れるが、逃げ場のない地上での戦いを挑むとはな！」

パラワンサブボスが高笑いしながら倒木に着地した。

「馬鹿はあなたでしょう？」

「は⁉　ふざけんじゃねえ！　挟み切って……」

大顎を広げ突進してこようとしたパラワンサブボスが、異変に気づいた。

「俺の肢が……肢がねえ！」

「言ったでしょう？　寿命を頂くと」

「世界最強のパラワンオオヒラタクワガタのナンバー2の戦闘力を、舐めるんじゃねえ！　てめえなんか、前肢だけで十分だ！」

パラワンサブボスが、大顎を振り上げて威嚇してきた。オオスズメ藩主は、パラワンサブボスの周囲を回り始めた。パラワンサブボスは二本の前肢だけで身体の向きを変えようとしたが、到底追いつけなかった。いまのパラワンサブボスを仕留めるのは、幼虫の肢を捻るようなものだ。オオスズメ藩主は、パラワンサブボスの横に回り込んだ。

「寿命を頂きます」

オオスズメ藩主は、余裕の表情で気門に針を突き刺し毒液を注入した。ほどなくすると、パラワンサブボスの全身が痙攣し始めた。オオスズメ藩主は気門から針を引き抜き、パラワンサブボスが事切れるのを待った。

三十秒が経った頃、パラワンサブボスの痙攣が激しくなった。

「パラワンボスが…俺と同じだと…思うな。言っておくが…ボスは俺の百倍は…」

パラワンサブボスの大顎が地面についた。オオスズメ藩主は、頭胸部と腹部の繋ぎ目を大顎で咬み切った。オオスズメ藩主はパラワンサブボスの頭胸部を六肢で抱え、飛翔した。

「パラワンサブボスの頭部を取ったぞ！」

オオスズメ藩主が叫ぶと、パラワン隊からどよめきが起こった。

☆

「俺様の複眼を突くとは、さすがはショーグンだな。だが、まぐれもここまでだ」

パラワンボスが浮遊飛びをし、カブト将軍に不敵に言った。

「お前のとこの副大将は寿命を奪われたというのに、ずいぶんと余裕だな」

「あんな雑魚が寿命を奪われたからといって、まさか俺様に勝てるとでも思ってるのか？」

「そんなに自信があるなら、地上に降りて差しで戦おうじゃないか」

カブト将軍は言った。奇襲で複眼を突いたものの、致命傷を与えるには程遠かった。空中戦では攪乱（かくらん）はできても、パラワンボスの寿命を奪うことはできないとカブト将軍は悟った。

「お前、正気か？　地上で、しかも差しで戦おうだと？　空中戦よりも戦闘力が物を言う地上での戦いで、俺様に勝てると思っているのか？」

「自信があるなら、ついてこい」

カブト将軍は言い残し下降すると、クヌギの倒木に着地した。たしかに、空中戦は奇襲戦法が使えるので体力に劣る虫でも勝機が見出せる。だが、相手の腹部に頭角を差し入れて撥（は）ね上げる技が得意のカブト将軍にとって、空中戦は踏ん張りが利かないので不利になる。威力を最大限に発揮できるのは、六肢でしっかり踏ん張ることのできる場所…樹皮だった。

だからといって、パラワンボスに撥ね上げが通用するとはかぎらない。逆に致命傷を受けてしまう可能性は十分にあった。いや、むしろその可能性のほうが高かった。一か八かの賭け
――それくらいの覚悟を決めなければ、倒せる相手ではない。

「ちょろちょろ逃げ回るチビカブトが、よりによって逃げ場のない樹皮を選ぶとはな」

カブト将軍の正面に降り立ったパラワンボスが、嘲りながら言った。カブト将軍は六肢の爪で樹皮を掴み、パラワンボスに向けて頭角を下げた。

「ごちゃごちゃ言ってないで、かかってこい！　それとも、六肢が竦（すく）んで動けないのか？」

カブト将軍はパラワンボスを挑発した。パラワンボスが突進してきたほうが、樹皮から爪が

離れている上に相手の力を利用できるので、撥ね上げが決まりやすいのだ。

「望み通り、挟み潰してやる！」

カブト将軍の目論見通り、パラワンボスが突進してきた。カブト将軍は樹皮を掴む爪に力を入れ、六肢を踏ん張った。過去にカブト将軍の撥ね上げが決まらなかった相手はいない。

距離が五センチを切ったときに、カブト将軍は頭角をパラワンボスの大顎の間から腹部に差し込んだ。

「日ノ本昆虫の侍魂を思い知るがいい！　うりゃー！」

カブト将軍は渾身の力を込めて頭角を撥ね上げた。頭角は、ピクリとも上がらなかった。

「うりゃー！」

もう一度、撥ね上げた。やはり、頭角は上がらなかった。

「どうした？　日ノ本一の怪力昆虫の力は、こんなもんか？」

パラワンボスが、嘲笑しながら挑発してきた。悔しいが、返す言葉がなかった。

「今度は俺様が、世界レベルってやつを教えてやるぜ！」

パラワンボスの大顎が、カブト将軍の頭角を挟んだ。次の瞬間、物凄い勢いで複眼界の景色が流れた。気づいたときには、カブト将軍の複眼の先に樹皮が見えた。信じられないことに、カブト将軍は垂直に高々と抱え上げられていた。

「どうだ？　カナブンみたいに持ち上げられた気分は？」

カブト将軍の複眼界の景色が流れ背部に衝撃が走った。すぐに景色が逆向きに流れた。ふたたびカブト将軍は垂直に抱え上げられ、すぐに叩きつけられた。三度、四度、五度…カブト将軍は高々と抱え上げられては、樹皮に叩きつけられることを繰り返した。何度目かに、カブト将軍の身体が宙を飛んだ。気づいたときには、複眼界に枝越しの青空が広がっていた。

どんな昆虫にも持ち上げられたことさえなかったというのに、投げ飛ばされ、引っ繰り返されてしまったのか？

カブト将軍は身体を起こして頭角を下げると、パラワンボスと向き合った。全身に、かつて感じたことのない痛みが広がった。樹皮を掴もうにも、まったく六肢に力が入らなかった。

「すぐに立ち上がり、戦闘態勢を取ったことは褒めてやる。だが、遊びはここまでだ。今度は投げ飛ばすなんて甘っちょろいことはせずに、挟み潰してやる！」

パラワンボスが大顎を地面につけながら突進してきた。ノコギリクワガタやミヤマクワガタは大顎を高く振り上げながら戦うスタイルなので隙も多いが、ヒラタクワガタは低い姿勢の戦闘スタイルなので戦いづらかった。カブト将軍は待ち構えた。ギリギリまで引きつけるのはリスクも高いが、パラワンボスの巨体を撥ね飛ばすには頭角を腹部に深く差し込む必要があった。

三センチ、二センチ、一センチ…カブト将軍は頭角を撥ね上げた。浮いたのは、カブト将軍の身体だった。

「日ノ本は俺に任せて、安心して死ね！」

パラワンボスはカブト将軍を投げ飛ばし、大顎を広げて落下してくるところを待ち構えた。

大顎まで数センチのところで、カブト将軍は前翅と後翅を広げて飛翔した。虚を衝かれ後肢で立ったまま動転するパラワンボスの、がら空きの腹部の裏側を、飛翔スピードを上げたカブト将軍は頭角で突いた。パラワンボスが裏返しに倒れ、六肢で宙を掻(か)いた。千載一遇の好機——カブト将軍は樹皮に着地すると素速くパラワンボスの側部に回り、裏返しのまま長い頭角と短い胸角の間に挟み込み飛翔した。

カブト将軍は上空高く飛び、地上の岩を目掛けて急下降した。複眼界の景色が猛スピードで流れ、グングンと岩が迫ってきた。岩まで一メートルを切った時点で、カブト将軍は頭角を撥ね上げパラワンボスを岩に叩きつけるように投げ捨てた。

岩に衝突して大顎が砕け折れ、頭部、胸部、腹部がバラバラになったパラワンボスを尻複眼に、カブト将軍は地面に着地した。カブト将軍は大顎の折れたパラワンボスの頭部を頭角に引っかけ、上空に飛翔した。

「皆の虫！　パラワン大将の頭部を取ったぞ！　パラワン隊に告ぐ！　いますぐ降伏して日ノ本を立ち去れば、寿命は助けてやる！　それとも戦闘を続けるか！」

どよめいていたパラワン隊が、パニック状態で我先にと飛び立ち始めた。

「日ノ本昆虫の勝利を祝して、エイエイオー！」

「エイエイオー！」

パラワンボスとパラワンサブボスを失い敗走したパラワン隊に見せつけるようにカブト将軍が勝鬨(かちどき)を上げると、カブト隊とオオスズメ隊があとに続いた。

「エイエイ…」

カブト将軍は勝鬨を止めた。敗走していたパラワン隊が、向きを変えて迫ってきた。

「大将の弔(とむら)い合戦をする気か⁉」

「いえ、そうではないようです。パラワン隊の背後を見てください」

オオスズメ藩主が、黒い影を前肢で指した。

「なんだ、あの大群は⁉」

十メートル先に見える大群は、パラワン隊虫よりも二回りは大きなカブトムシだった。

「あれは…まさか！」

滅多なことでは感情を表に出さないオオスズメ藩主にしては珍しく、顔が強張っていた。

「コーカサスオオカブトです。噂では南蛮で一番凶暴で殺傷力が高く、戦闘力はヘラクレスオオカブトと互角と言われています」

「南蛮カブト最強と言われている、あのヘラクレスか？」

カブト将軍も、ヘラクレスの噂は聞いていた。体長はカブト将軍の倍以上、頭角は三倍以上ある世界最大のカブトムシだ。

「そのヘラクレスと互角と言われているコーカサスが、パラワンと肢を組むというのか？」

「だとすれば厄介ですが、どうやらそうでもなさそうです」

よく見ると、パラワン隊は攻めてきているというよりは逃げているように見えた。

「南蛮虫は日ノ本の昆虫と違って、種が違えば協力するという概念はないようです」

「てめえ！　雑魚クワガタが！　俺らの複眼を盗んで日ノ本を支配できると思ってたのか⁉」

大群の先頭にいた、カブト将軍よりも二回りは大きなコーカサスが、パラワン隊に向かって怒声を浴びせながら、頭角で何度も宙を突き上げた。黒光りした鎧のような外骨格から伸びた二本の長い胸角に、さらに太く長い頭角。初めて複眼にするコーカサスは、恐竜のようだった。

「なんだ、あいつは⁉　本当にカブトか？」

カブト将軍は、興奮しまくるコーカサスを見て怪訝な顔でオオスズメ藩主に訊ねた。

「あれが恐らく、コーカサスボスです」

「でけえツラしてんじゃねえぞ！　世界最強クワガタのパラワン隊を舐めんじゃねえ！」

パラワン隊虫が、コーカサスボスに襲いかかり胸部を挟んだ。

「どうした⁉　くそクワガタ！　痛くも痒くもねえぞ！」

「挟まれているのに、あの余裕の態度はなんだ？」

頭角を挟まれただけでもパラワンの大顎の強さを痛感したカブト将軍は、まともに胸部を挟まれてもまったく動じたふうもないコーカサスボスに驚きを隠せなかった。

「コーカサスボスの外骨格の硬さは、恐らく南蛮カブト一でしょう」

オオスズメ藩主が、冷静に解説した。

「うらうら！　くそ雑魚クワガタ！　寿命の奪いかたっつうのを、教えてやるよ！」

コーカサスボスが長く太い前肢を振り回し、爪でパラワン隊虫の複眼を搔き毟った。たまらずパラワン隊虫が大顎を開いた隙に、コーカサスボスが逃れた。

次の瞬間、コーカサスボスがパラワン隊虫を三本の角の間に挟み込んだ。

「必殺トライアングルバックブリーカーを食らえーっ！　うらうらうらーっ！」

コーカサスボスが叫びながら、物凄いスピードで頭角を何度も突き上げた。二本の胸角でロックされ固定されたパラワン隊虫の身体は、あっという間にバラバラになった。

「パラワンをいとも簡単にバラバラに…」

カブト将軍は肢の中間にチクリと痛みを感じた。意識が遠のき、身体が動かなくなった。後翅の動きが止まった。霞む複眼界で、景色が縦に流れた。

麻酔毒を打たれ落下するカブト将軍を、六匹のオオスズメ隊虫が追いかけて受け止めた。

「将軍！」

「なにがあった⁉」

カブト隊の面々が、体液相を変えてオオスズメ藩主のもとに飛んできた。

「将軍はパラワンボスとの戦いで、精魂尽き果て失神した。静養が必要だ。撤収！」

オオスズメ藩主はカブト隊、オオスズメ隊に命じると「蜂の巣の森」に向かって飛翔した。

「こっちは、『クヌギの森の城』じゃないぞ⁉　どこへ行くつもりだ⁉」

隣に並んだカブト副隊長が、オオスズメ藩主を問い詰めた。

「『蜂の巣の森』だ。パラワン隊を殲滅したコーカサス隊は、『クヌギの森の城』を襲うだろう」

「だからって、将軍の許可なしに…」

「将軍を守るためだ。『蜂の巣の森』の場所は、南蛮虫に知られてない。南蛮虫連合軍を倒すまでは、変な気を起こさないから安心していい」

「なんだと⁉　南蛮虫を倒したら、将軍に謀反を…」

「先のことより、いまを乗り切ることを考えろ！」

オオスズメ藩主は珍しく声を荒らげ、カブト副隊長を一喝した。渋々と引き下がるカブト副隊長と入れ替わるように、クロアナバチがオオスズメ藩主の横にきた。

「カブト将軍にあんなことして、本当に大丈夫なんですか？」

クロアナバチが、オオスズメ藩主に不安げに訊ねてきた。オオスズメ藩主はクロアナバチに常にそばにいるように命じ、指示を出したらカブト将軍を麻酔毒で眠らせるように極秘に指示を出していた。クロアナバチは、普段はバッタ類を麻酔毒で眠らせ卵を産みつけている。

「眠らせなければ、撤収しなかっただろうからな」

カブト将軍の性格からすれば、コーカサス隊にも背を向けず戦ったことだろう。だが、パラワン隊との戦闘で満身創痍になったカブト隊とオオスズメ隊では、勝つのは至難の業だ。

コーカサスボスのパラワン隊虫との戦いぶりを見て、オオスズメ藩主は判断が間違っていなかったと確信した。万全の体調で戦っても勝てないだろう。正攻法では無理だ。策を弄して罠に嵌めるような戦いに引き摺り込むには、「蜂の巣の森」のほうが適していた。

オオスズメ藩主は背後を振り返った。コーカサス隊が追いかけてきている気配はない。

「『クヌギの森の城』に飛んで、各藩主に『蜂の巣の森』に移動するように伝えてくれ」

オオスズメ藩主はオオスズメ隊長に命じた。

「なんだ？　将軍気取りか？　幕府の藩主への伝言なら、俺が行く」

カブト副隊長が言った。

「君達ではコーカサス隊に追いつかれてしまう。ここは、ウチの隊長に任せておけ」

「さっきからおとなしくしてれば、勝手なことばかり言いやがって…」

オオスズメ藩主は、カブト副隊長の顔のつけ根に毒針を突きつけた。

「日ノ本昆虫界を守りたいなら、私に従って貰う。これが最後通告だ。次は寸止めはしない」

☆

「これからの日ノ本昆虫界は、俺ら南蛮虫が支配するぜ！　遠慮することはねえ！　一匹残らず日ノ本昆虫を皆殺しにしろやーっ！」

コーカサスボスの号令に、コーカサス隊の大群が殺戮を始めた。カブト将軍の複眼前で、各藩虫がコーカサス隊虫の頭角に突き刺され寿命を奪われた。

「やめろ…やめろ…やめんかーっ！」

カブト将軍は、声のかぎりに絶叫した。複眼界から藩虫達の姿が消え、漆黒の薄闇が広がった。カブト将軍は、光が射し込む方向に向かった。

樹洞で寝ていたようだ。穴から頭部を出したカブト将軍は、あたりに頭部を巡らせた。そこここに生い茂るシラカシの木…ここは、「クヌギの森の城」ではないようだ。

シラカシの木に作られた大きな蜂の巣の数々を複眼にしたカブト将軍は、ここが「蜂の巣の森」だということを悟った。オオスズメ隊虫が、忙(せわ)しなくあたりを飛び回っていた。

「お目覚めですか?」

カブト将軍の複眼の前に、オオスズメ藩主が現れた。カブト将軍は記憶を辿った。コーカサスボスがパラワン隊虫を、一瞬でバラバラにしたところまでは記憶にあった。突然、後肢に痛みを感じ、そこから先の記憶がなかった。

「お前の仕業か?」

「満身創痍の将軍が、コーカサスボスと戦っても勝ち目はありませんでした。もっと言えば、満身創痍でなくても正攻法で勝てる相手ではありません。将軍を『蜂の巣の森』にお連れしたのは、コーカサス隊を罠にかけるためです」

「罠?」

「はい。いま、ウチの隊虫達が罠を仕掛けています。皆の虫! いったん、作業は中止だ!」

オオスズメ藩主が命じると、飛び回っていた隊虫達の動きがピタリと止まった。

「隊長以外は、東へ五メートル以上離れるんだ!」

オオスズメ隊虫が、一斉に東の空に移動した。

「あの巣に石を投下して、すぐに飛び去るんだ!」

オオスズメ藩主が、五メートル前方のシラカシの樹木に作られた蜂の巣を前肢で指しながら命じた。ほどなくすると小石を抱えたオオスズメ隊長が、蜂の巣に向かって飛翔した。オオスズメ隊長は巣の上から小石を投下すると、猛スピードで飛び去った。

その直後、爆音とともに蜂の巣が砕け散った。

「これは…」

「樹皮を細かく噛み砕き、巣の中に詰め込んでいます。樹皮を粉にすると、微生物の代謝熱や可燃性のガスの発生で爆発しやすくなるんです。巣の中にぎっしり詰めることで摩擦熱と太陽熱も加わり、少しの刺激で爆発します」

オオスズメ藩主が、淡々とした口調で説明した。カブト将軍は驚きを隠せなかった。戦略に長けた知将だと知ってはいたが、ここまでとは思わなかった。

「コーカサス隊虫を誘い込んで、小石で爆発させるという計画か？」

「はい。ほかには、コーカサス隊虫自身が巣にぶつかり爆発という形もあります。もちろん自軍にも犠牲になる隊虫はいるでしょう。ですが正攻法で戦えば、数倍、いえ、数十倍の犠牲虫が出ます。カブト将軍からすれば卑怯で嫌かもしれませんが、勝つための最善の手です」

オオスズメ藩主は、きっぱりと言った。たしかに、オオスズメ藩主の言葉には一理あった。

「卑怯で嫌だが、日ノ本昆虫界を守らなければならない使命がある。乗ろうじゃないか」

カブト将軍は、オオスズメ藩主の複眼を見据えて力強く頷いた。

「蜂の巣の森」の地中に、カブト幕府の藩主と藩虫が集結していた。地中の面積は広大で、数千匹の昆虫が集まっても空間には余裕があった。

「土の中に、こんな広い領地があるなんて驚きだわ…」

オオカマキリ藩主が、驚いた顔で頭部を巡らせた。

「オオスズメバチ、クロスズメバチ、ツチバチは土中に巣を作るからね」

クロゴキブリ藩主が言った。

「皆の虫！　聞いてくれ！」

切り株の上に乗ったカブト将軍の声に、藩主達のざわめきが止んだ。

「コーカサスオオカブト隊を殲滅（せんめつ）するため『蜂の巣の森』に誘（おび）き寄せる戦術を取ることにした。ついてはオオスズメ藩主の説明があるから、俺の言葉だと思って聞いてくれ。では、頼む」

「突然の招集、申し訳ありません。『蜂の巣の森』にきて貰ったのは理由があります」

オオスズメ藩主が切り株に上り、カブト将軍にしたのと同じ戦術を話し始めた。

「蜂の巣を爆発させるなんて、あたい達の寿命まで落としてしまうじゃない⁉」

オオカマ藩主が、体液相を変えて言った。

「戦（いくさ）なので、被害が皆無というわけにはいきません。ですが、死傷虫は少ないに越したことはありません。というわけで、コーカサス隊との戦には選抜した藩虫で戦います。カブト隊、ハチ藩、トンボ藩、ハエ藩…。呼ばれなかった藩は、ここで待機していてください」

　オオスズメ藩主の言葉に、ふたたび藩虫達がざわめき始めた。

「カマキリ藩を戦から外すなんて、どういうつもり！」

「そうだ！　我らカミキリ藩は、戦力にならないというつもりか！」

「チョウ藩に戦闘能力がなくても、飛翔できるんだから役に立てることがあるはずだわ！」

「みなさん、落ち着いてください。トンボ藩のオニヤンマ藩主、ギンヤンマ副藩主は昆虫界一、二の飛翔速度の持ち主です。コーカサス隊の攻撃を躱(かわ)すのは余裕ですし、楽々と巣に小石を落として飛び去れます。ハエ藩もトンボ藩ほどではないにしても飛翔速度が速いですし、なにより小回りが利きます。小石を運ぶのは無理ですが、コーカサス隊を攪乱(かくらん)しながら巣に導くことができます。カマキリ藩は長時間飛べませんし、カミキリ藩とチョウ藩は長時間飛べますが、飛翔速度が遅くて巣に導く前に餌食になってしまいます。どなたか、異論はありますか？」

　オオスズメ藩主は、各藩主を見渡した。みな不満げな顔だが、異論は唇舌にしなかった。

「では、戦術について指示します。トンボ藩はコーカサスが巣に接近したら小石を落としてください。ハエ藩は私達とともに徹底的にコーカサス隊を挑発して、巣に導いてください」

「カブト隊を戦いから外す気か？」

　それまで静観していたカブト将軍が口を開いた。

「とんでもありません。カブト隊のみなさんは、コーカサス隊が半分以下になったときに、一気に襲撃して殲滅してください。それができるのは、カブト隊しかいません」

　カブト将軍は、オオスズメ藩主の言葉のすべてを信じてはいなかった。だが、いまは力を合わせて南蛮虫の脅威に立ち向かうという言葉だけは信じることができた。

☆

「くそパラワンのせいで、無駄な時間を食っちまった！　ぶっ飛ばすから、ついてこい！」

パラワンオオヒラタクワガタ隊を皆殺しにしたコーカサス隊は、「クヌギの森の城」に向かっていた。戦死虫も出たが、それでも二千匹を超える軍勢だった。

「ボス、余裕でしたね！」

直後を飛んでいるコーカサス特攻隊長が、弾む声で言った。

「俺らの隊も五百匹は寿命を奪われたっ。くそったれが！」

コーカサスボスが、いら立たしげに吐き捨てた。ヘラクレスオオカブト隊なら百匹の犠牲で済んだであろう事実が、コーカサスボスをいら立たせる理由だった。

「ボス！　あれが『クヌギの森の城』じゃないですか!?」

「おおっ！　あれがショーグンの城か！　突き殺して挟み殺して、一気に日ノ本(ひのもと)昆虫界の領土を支配するぞ！　うらうらうらーっ！　てめえらっ、突撃だーっ！」

コーカサスボスが先陣を切り、「クヌギの森の城」に突入した。

「おらおらおらおらーっ！　チビカブトどもーっ、覚悟しろやーっ！」

しんと静まり返った森には、カブト隊だけではなくほかの昆虫もいなかった。

「こら！　隠れてねえで出てこいやーっ！　てめえは日ノ本のショーグンだろうが！」

コーカサスボスは叫びながら、頭部を巡らせた。樹皮にいた見慣れない虫が、素速い動きで裏に回った。コーカサスボスは、樹木の裏手に飛んだ。

「なにこそこそしてやがる！　てめえ、ムカデか⁉」

「あ、いえ、お、おいらは、ゲジゲジっちよ…こ、昆虫じゃないっちよ！」

「あたりめえだ！　てめえみてえな肢もじゃが、昆虫のわけねえだろうが！　それより、日ノ本の昆虫どもはどこに行った⁉　惚けやがったら、てめえの肢を全部ちぎるぞ！」

　コーカサスボスが、怒声の嵐を浴びせた。

「とと、惚けたりしないっちよ！　み、みんなは、は、『蜂の巣の森』に行ったたっちよ！」

「『蜂の巣の森』ってなんだそりゃ⁉　適当な嘘言ってんじゃねえだろうな⁉」

「ひぃーっ！　ほ、本当っちよ！『蜂の巣の森』は、ハチ藩の領土っちよ！」

「ハチだと⁉　なんでカブトショーグンがハチの領土に行くんだ⁉　おお⁉」

　コーカサスボスが樹皮に止まり、ゲジゲジの胸部を前肢で掴み問い詰めた。

「そ、そこまでは知らないっち！　ダンゴムシに聞いただけっちよ…」

「役立たずの肢もじゃ野郎だ！　てめえ、蜂のなんちゃらの場所に案内しろ」

「え⁉　そうしたいのは山々ですが、おいらは空を飛べないっちよ…」

「馬鹿野郎！　そんなの見りゃわかる！　おいっ、こっちにこい！」

　コーカサスボスが、コーカサス特攻隊長を呼んだ。

「こいつを運べ！」

　コーカサスボスはゲジゲジをコーカサス特攻隊長の背部に放り投げた。

「うわうわうわ…お、落ちるっちよ！」

「案内する前に落ちたら、地面にぶつかって死ぬ前に俺がぶっ殺すからな！　落ちるなら、蜂のなんちゃらの場所に着いてからにしろや！」

コーカサスボスは高笑いして、飛び立った。

「肢もじゃ！　案内しろや！」

コーカサス特攻隊長が猛スピードで先頭を飛んだ。

「あああ…危ないっち！　も、もっと、ゆ、ゆっくり飛んでくれっちー！」

ゲジゲジの絶叫が、碧空に吸い込まれた。

☆

「あ、『蜂の巣の森』が見えてきたっちよ！」

コーカサス特攻隊長の胸角にしがみついたゲジゲジが、大声で叫んだ。コーカサスボスは、二十メートル先の森に複眼をやった。

「おいっ、てめえら！　今度はチビカブトにハチだ！　パラワンどもより楽勝な雑魚虫だが、肢加減するんじゃねえぞ！　一匹残らずぶっ刺しまくって、十五分以内に全滅だ！　突撃！」

先導していたコーカサス特攻隊長とゲジゲジを追い抜いたコーカサスボスは、先陣を切って「蜂の巣の森」に突入した。

「なんだ⁉　あのでけえ巣は⁉」

コーカサスボスは、そこここの樹木に作られた大きな蜂の巣に驚きの声を上げた。

「オオスズメバチの巣だっち！」

ゲジゲジが答えた。

「巣だけは立派じゃねえか。だがよ、巣の主は逃げ出しちまったんじゃねえのか？」

「残念ですが、逃げずにお待ちしてましたよ」

オレンジと黒の縞模様の大きなハチが、十メートル先の樹木の陰から現れた。

「オオスズメ藩主だっちよ」

重厚な翅（はね）音とともに、空に現れた黒い塊（かたまり）が迫ってきた。オオスズメ隊の大群だった。

「どんだけ数を揃えても、てめえらの毒針は俺の身体には刺さらねえ！　ビビって隠れてるショーグン野郎を連れてこいや！　そしたら、おめえらハチ野郎の一匹だけ助けてやるよ！」

「言っておきますが、カブト将軍は逃げていませんよ。あなた達を倒すのに将軍が出てくるまでもないということです」

「なんだこら！　俺様からすりゃてめえらはハエと同じだ！　ぶっ殺されねえと、わからねえみたいだな！　おおぅ！　こら！」

コーカサスボスは、頭角を突き上げ前肢を振り回しながら荒ぶれた。

「じゃあ、本物のハエにも参加して貰いましょう」

オオスズメ藩主が言うと、緑や青の金属的に光ったハエの大群が木陰から飛んできた。

「なんだ⁉　このどチビどもは⁉」

「キンバエだぎゃあ！　おみゃーら殺す殺す言っとるぎゃあよ、その図体と鈍さでわしらを突き刺せる思うとるぎゃあ？　たわけたこと言うんじゃにゃーが！」

緑キンバエがおちょくるように言うと、コーカサス隊の前を挑発的に飛んだ。

「舐めやがって！　てめえら！　くそバチとくそバエを一匹残らずぶっ殺せ！」

コーカサスボスが命じると、コーカサス隊がハエ隊に突進した。

「な、なんか罠の予感がするっちよ！　気をつけたほうがいいっちよ！」

「うるせえ！　罠だろうがなんだろうが、ボスの命令が出たんだ！　ごちゃごちゃ言ってると、お前から寿命を奪うぞ！」

コーカサス特攻隊長がゲジゲジを怒鳴りつけ、戦闘の輪に参加した。

「ほらほら、こっちじゃき〜」

「刺し殺せるもんなら、刺し殺してみろだぎゃあ〜」

旋回するキンバエを仕留めようと、数十匹のコーカサス隊虫が体液相を変えて追いかけた。

「嫌な予感がするっち…とてつもない嫌な予感が…」

ゲジゲジは、キンバエを必死に追い回すコーカサス隊を見て胸部騒ぎに襲われた。

コーカサス隊が蜂の巣の半径五十センチ以内に入ったとき、物凄い速さで飛ぶ影が現れた。

「なんだあの野郎!?　石を抱えてるぞ！」

コーカサスボスが、影を認めて叫んだ。

青と緑のキンバエがくるりと逆戻りした。影…オニヤンマ藩主はあっという間にコーカサス隊を追い抜き、蜂の巣の真上にきた。六肢で抱えていた小石を投下すると、一瞬で飛び去った。

「あの野郎、なにを…」

コーカサスボスの声を遮る爆音——蜂の巣が爆発し、複眼界が火煙に覆われた。

爆音とともに、コーカサス隊虫の頭胸腹部が宙で砕け散った。二発、三発、四発…キンバエを追いかけ回していたコーカサス隊虫が、次々と砕け散った。

「なんだありゃ！　てめえっ、こら、なにしやがった！」

コーカサスボスが怒りと驚きの混じった顔で、オオスズメ藩主を問い詰めた。

「いま頃気づいても遅いですよ。お仲間は、次々と寿命を失っています」

断続的に鳴り響く爆発音、火煙に包まれる「蜂の巣の森」の上空…もう既に数百匹のコーカサス隊虫が寿命を失っていた。

「だ、だからやめたほうがいいって言ったっちよ…」

寸前でコーカサス特攻隊長の背部から飛び降りて地上に避難したゲジゲジが、降ってくる死骸の断片を震える複眼で追いながら呟いた。

突然、地響きが鳴った。ゲジゲジの複眼の前に、コーカサス隊虫の頭部が落ちた。

「うわわわわっ！　潰されるところだったっちよー！」

ゲジゲジは、悲鳴を上げながら倒れている朽ち木の樹洞に隠れた。

「てめえっ、舐めたまねしやがって！　ただで済むと思ってんのか！　ぶっ殺すぞ！」

「望むところです。殺せるものなら、殺してみてください」

オオスズメ藩主はコーカサスボスに挑発的に言うと、身を翻（ひるがえ）して飛翔した。

「おおっ、ぶっ殺してやる！　ぶっ殺してやる！　ぶっ殺してやる！　待たんかいーっ！」

鬼の形相のコーカサスボスが、オオスズメ藩主を追いかけてきた。オオスズメ藩主はコーカサスボスがついてこられるように、五割の速度で飛翔した。

できるなら、カブト将軍より先にコーカサスボスを仕留めておきたかった。理由は二つ。一つ目は、正攻法で戦うカブト将軍ではコーカサスボスにやられてしまう可能性が高いということだ。オオスズメ藩主にとってカブト将軍がいなくなるのは好都合だが、それはいまではない。

コーカサス隊との全面対決で日ノ本昆虫の大将が寿命を奪われたとなると、幕虫達の士気が下がり一気に侵略されてしまう恐れがあった。

二つ目の理由は、オオスズメ藩主がコーカサスボスを倒せば、幕虫達の信頼を一気に得られるということだ。カブト将軍を倒せたとしても、各藩主達がオオスズメ藩主を新将軍と認めなければ、長続きはしない。

オオスズメ藩主は、三十センチの距離までコーカサスボスを引きつけながら飛翔した。コーカサスボスは隊虫達の死を見ているので、蜂の巣爆弾に誘い込む戦法は通用しない。別の戦法は打ち合わせ済みだった。オオスズメ藩主はちらりと上を見た。

二十匹のギンヤンマ隊虫が、オオスズメ藩主の上空をゆっくりと飛翔していた。ギンヤンマ隊虫は全虫、六肢に小石を抱えていた。オオスズメ藩主は、急上昇した。コーカサスボスは急に反応することができずに、オオスズメ藩主を見上げた。

「なっ…」

小石を抱えるギンヤンマ隊虫達を認めたコーカサスボスの顔が凍てついた。

「投下！」

オオスズメ藩主が号令をかけると、ギンヤンマ隊虫達が一斉に小石を投下した。カブト界で世界最強の硬度と言われる外骨格を持つコーカサスボスでも、加速のついた二十個の小石を一度に浴びたらひとたまりもないはずだ。

「…さらば」

オオスズメ藩主は、止めを刺すため急下降した。次の瞬間、オオスズメ藩主は複眼を疑った。小石に打たれて落下したはずのコーカサスボスが、重厚な翅音とともに上昇してきた。

「驚きました。生きていたんですか？」

急下降を止めたオオスズメ藩主が、浮遊飛びしながら言った。本音だった。あれだけの数の小石を浴びていながら物凄いスピードで上昇してくるとは、信じられない硬さの外骨格だ。

「あたりめえだ！　俺様が砂利（じゃり）被ったくらいで死ぬわきゃねえだろうが！　図に乗るんじゃねえぞ！　くそバチが、ボロボロにしてやるぜ！」

　コーカサスボスが怒声を浴びせながら突進してきた。オオスズメ藩主は方向を変え飛翔した。

　重厚な翅音は遠ざかるどころか、次第に大きくなってきた。振り返ったオオスズメ藩主は、ふたたび複眼を疑った。オオスズメ藩主が全速力で飛んでいないとはいえ、コーカサスボスが接近しているのが信じられなかった。

「驚いたかボケ！　カブトムシが全匹のろくしか飛べねえと思ったら大間違いだ！」

　コーカサスボスが頭角を振り回しながら、オオスズメ藩主に襲いかかってきた。右、左、上、下…オオスズメ藩主は、コーカサスボスの頭角攻撃を俊敏な動きで躱した。

　巨体からは想像のつかないコーカサスボスの素早い頭角捌（さば）きに、オオスズメ藩主は躱すのに精一杯で反撃する余裕がなかった。だが、逃げ回ってばかりではコーカサスボスを倒せない。

　オオスズメ藩主は急下降し、コーカサスボスの背後に回り込み右後肢（こうし）の跗節を大顎で咬んだ。オオエンマハンミョウボスを仕留めたときの戦術だ。コーカサスボスのほうが肢が太いので時間はかかるが、六肢を咬み切ってしまえばコーカサスボスを無力にできる。

　不意に、物凄い勢いで複眼界が流れた。コーカサスボスが後肢を振り払っただけで、オオスズメ藩主は二メートル以上吹き飛ばされてしまった。信じられないパワーだった。

「こざかしいまねしやがって！　突き殺してやるぜ！」

　コーカサスボスが前肢（ぜんし）を振り回しながら突進してきた。上昇しようとしたオオスズメ藩主の胸部に激痛が走った。オオスズメ藩主は激痛に耐え、上空に避難した。

コーカサスボスの爪が掠っただけで、オオスズメ藩主の胸部は裂けて体液が滲み出していた。あと一ミリ深く爪が食い込んでいたら、間違いなく致命傷になっていた。

全身凶器…コーカサスボスは頭角の先端から後肢の爪先まで殺傷力があった。兵揃いの南蛮虫の中でも、コーカサスボスの強さは異次元だった。

オオスズメ藩主は、無力感に襲われた。これまでに数多の強敵虫と戦ってきたが、こんなことは初めてだった。蜂の巣爆弾で爆死し、コーカサス隊虫の数は半分に減っていた。まだだ。半分でも、コーカサス隊と正面から戦えば負けてしまう。三分の一になるまで、時間を稼げるだろうか？　寿命が持つだろうか…いや、持たせなければならない。

オオスズメ藩主は、コーカサスボスの背部を狙って急下降した。コーカサスボスが上を向き、浮遊飛びしながら頭角と前肢を振り回した。まったく死角が見当たらなかった。ただし、それは無傷で倒そうとした場合だ。玉砕覚悟ならば、僅かな可能性だが勝機はあった。

頭角と前肢を滅茶苦茶に振り回すコーカサスボスとの距離が縮まった。オオスズメ藩主は毒針を前に突き出し、コーカサスボスの頭部と胸部の繋ぎ目を狙って飛翔速度を上げた。

不意に、オオスズメ藩主の体が急上昇した。オオスズメ藩主は頭部を後ろに巡らせた。

「まだ、君に死なれたら困る」

オオスズメ藩主の複眼の先で、オニヤンマ藩主が微笑んだ。

「なにをするんですか!?　離してください！」

オオスズメ藩主は、懸命にもがきながら叫んだ。オニヤンマは昆虫界一、二を争う飛翔速度と百ミリを超える巨体の持ち主で、不意を衝かれて背後から捕獲されれば、オオスズメ藩主といえども簡単に逃れることはできない。しかもオオスズメ藩主は、胸部に傷を負っている。

「言っただろう？　君に死なれたら困るって」

「どこへ行くつもりですか⁉　私の邪魔をするなら、たとえ君でも容赦しません……」

「カブト将軍が仕留めてくれるよ」

オオスズメ藩主を遮り、オニヤンマ藩主が言った。

「だめです！　いまはまだコーカサス隊の数も多いし、返り討ちにあってしまいます！」

「僕がこうしているのも、将軍の命令なんだ。オオスズメ藩主を死なせるわけにはいかない。彼は日ノ本昆虫界に必要な存在で、やるべき責を十分に果たした。彼がいなかったら、ここまで持ちこたえられたかわからない。あとは、幕府の長である俺の役割だ…そう言ってたよ」

「将軍が…」

「これは口止めされていたんだが…。もし、コーカサスボスとの戦いで俺が倒れたら、将軍の座はオオスズメ藩主に譲りたい。お前もオオスズメ新将軍を支えてほしい。反対する藩主も出てくるだろうから、そのときはお前が説得してほしいと頼まれた」

オニヤンマ藩主から聞かされたカブト将軍の胸部の内に、オオスズメ藩主の複眼腺が熱くなった。ノコギリ藩主と共謀して謀反を企てた自分を赦し、ふたたび信頼し、最大限に功績を認め、将軍の座を禅譲してくれようとしている…。

これまでカブト将軍とともに南蛮虫と戦ってきたのは、その後の野望のためだった。その後の野望——カブト将軍を倒し、日ノ本昆虫界を支配する。だが、いまは違う。

日ノ本昆虫界を守り、南蛮虫を撃退したあともカブト幕府の一藩主として、カブト将軍を支え続けることを誓った。

「だから、いま君が玉砕したら困るんだ。万が一のときに、カブト将軍に代わって日ノ本昆虫界を統率してゆけるのは君しかいないのだから」

オニヤンマ藩主の言葉が、オオスズメ藩主の胸部に染み渡った。

「わかりました。一刻も早く傷を治して、カブト将軍を援護します。そして南蛮虫を殲滅し、カブト幕府を忠臣虫として支えます」

オオスズメ藩主はオニヤンマ藩主に言うと同時に、ふたたび胸部に誓った。

☆

「戦況はどうなっている？」

「蜂の巣の森」に向かって飛翔するカブト将軍は、隣に並び飛ぶギンヤンマ副藩主に訊ねた。

「オニヤンマ隊虫の報告では、蜂の巣爆弾で二千匹の隊が千匹にまで減ったそうです」

「半分にまで減らしたか。オオスズメ藩主はあっぱれだな」

十メートル先に、火煙に包まれた「蜂の巣の森」が見えてきた。

「皆の虫！　この戦いでコーカサス隊を全滅させ、必ず日ノ本昆虫界に太平の世をもたらすぞ！　エイエイオー！　エイエイオー！　エイエイオー！」

カブト将軍は浮遊飛びして振り返ると、隊虫の士気を上げるために勝鬨（かちどき）を上げた。あとに続く隊虫達の勝鬨が、大空に響き渡った。

カブト将軍は浮遊飛びしながらコーカサスボスを探した。「蜂の巣の森」では、キンバエがコーカサス隊虫を翻弄し、蜂の巣爆弾に誘き寄せていた。上空には小石を抱えたオニヤンマ隊虫とギンヤンマ隊虫が、コーカサス隊虫が蜂の巣爆弾に近づく瞬間を狙っていた。

だが、仲間の死を複眼にして学習したのか、コーカサス隊虫も迂闊に蜂の巣爆弾には近づかなかった。そうなると、コーカサス隊虫を仕留めるのは至難の業だ。そこで、数で勝るオオスズメ隊虫が複数で一匹のコーカサス隊虫に襲いかかっていたが、頭角で刺され前肢の爪で引き裂かれていた。

「形勢逆転してますね…」

ギンヤンマ副藩主が表情を曇らせた。

「いや、オオスズメ藩主の戦術で大半の戦力を奪っただけでもよしとしなければな。残りを始末するのは、カブト隊の務めだ。それにしても、コーカサスの大将はどこに…」

カブト将軍は、巡らせていた複眼を止めた。五メートル先で、ひと際大きなコーカサスボスが前肢、中肢、後肢で二十匹のオオスズメ隊虫を引き裂いていた。

カブト将軍はコーカサスボスの規格外の強さに、驚きを隠せなかった。悠長に構えている場合ではない。このままだと、日ノ本昆虫連合軍の形勢が不利になってゆく。

「いざ、出陣！」

カブト将軍は隊虫に号令をかけると、先陣を切って戦闘の輪に飛び込んだ。

「俺が相手してやる！」

カブト将軍の声に、コーカサスボスが振り返った。

「てめえが、こそこそ隠れてた弱虫のショーグンか⁉」

「隠れていたわけではない。オオスズメ藩主に任せていただけだ」

「ああ、俺様に胸部を引き裂かれて配下を見捨てて逃げたヘタレボスか？　てめえら日ノ本昆虫のボスは、逃げ回ってばかりの卑怯虫ばかりじゃねえかっ」

「逃げたんじゃない。俺がオニヤンマ藩主に命じて強制的に避難させただけだ。そして、俺も逃げたんではないということを証明してやろう。俺と差しの勝負を受ける度胸はあるのか？」

カブト将軍はコーカサスボスを挑発した。

「おいてめえ⁉　俺を舐めてんのかこら！　日ノ本じゃショーグンかもしれねえが、俺から見たらカナブンと同じだ！　くそこら！　バラバラにしてやるぞ！　うら！」

「戦は身体の大きさでやるものじゃない。心技体の鍛錬度合いが勝敗を決める。南蛮の無法虫如きが、俺をバラバラにできるものならやってみろ！」

カブト将軍は角を水平に倒し、コーカサスボスに突進した。

「どちびカナブンが正面からくるか！　角を使うまでもないぜ！」

コーカサスボスはオオスズメ隊虫をそうしたように、カブト将軍を引き裂くべく前肢を振り回しながら待ち構えた。二匹の距離がグングンと縮まった。十センチを切るとコーカサスボスの爪の射程距離に入ってしまうが、カブト将軍は飛翔速度を落とさずに突っ込んだ。外骨格を切らせて肢を切る——コーカサスボスは、捨て身にならなければ倒せる相手ではない。

二十センチ、十センチ、五センチ…カブト将軍の胸部に激痛が走った。カブト将軍の胸角の横に、コーカサスボスの右前肢の爪が深く食い込んでいた。想定内——カブト将軍はさすまた状の頭角の先端をコーカサスボスの右前肢のつけ根にあてがった。爪がカブト将軍の胸部に刺さっているので、コーカサスボスは右前肢を引っ込めることができなかった。

「うぉりゃあーっ！」

かけ声とともに、カブト将軍は頭角を撥ね上げた。ブチッという右前肢がちぎれる音とともに、コーカサスボスの巨体が宙を舞った。

「貴様っ…よくも俺様の右前肢を！　バラバラにしてやる！」

カブト将軍は間を置かずに、コーカサスボスに突進した。

「舐めんじゃねえぞ！　ぶっ殺してやる！」

コーカサスボスも鬼の形相で突進してきた。

カブト将軍はコーカサスボスの左前肢を頭角で狙った。さすがのコーカサスボスも、両前肢を失えばかなりの戦力ダウンになるはずだ。

「同じ戦法が二度通用すると思うんじゃねえ！」

不意にコーカサスボスが横に回転した。

逃げるのか？　瞬間、カブト将軍の飛翔速度が落ちた。

物凄い勢いでコーカサスボスが一回転した。フェイント——遅かった。コーカサスボスの頭角が、カブト将軍の胸部を貫いた。

「うぉっ…」

忍耐強いカブト将軍だが、たまらず呻き声を漏らした。頭角はコーカサスボスの右前肢で抉られた傷口に刺さっていた。

「うらうらうらーっ！　痛いか⁉　もっと叫べや！」

コーカサスボスは嗜虐的に言いながら、頭角を深く突き刺した。このままだと頭角が内臓にまで達し、寿命を奪われてしまう。さらなる深手を受けるのを覚悟で、カブト将軍は頭角をコーカサスボスの左前肢のつけ根にあてがった。

「馬鹿の一つ覚えみてえに撥ね上げるつもりか⁉　てめえの胸部が割れてもいいなら…」

「大和魂を舐めるな！　うりゃあー！」

カブト将軍は全エネルギーを頭角に集中させ、気合一閃撥ね上げた。

バリバリという音とともに、かつて体験したことのないような激痛が全身を駆け巡った。カブト将軍の頭角の左側の外骨格が剥がれ、白い肉が露出していた。左前肢がちぎれたコーカサスボスが樹木に激突し、地上に落下した。

薄れゆく意識を引き戻し、カブト将軍はコーカサスボスを追った。カブト将軍のダメージも深いが、それは左右の前肢を失ったコーカサスボスも同じだ。

「将軍！　大丈夫ですか⁉」

カブト隊虫がカブト将軍の負傷に気づき、体液相を変えて飛んできた。

「俺のことはいいから…自分の戦いに…集中しろ…命令だ！」

カブト隊が参戦しても、戦況はコーカサス隊が圧倒していた。コーカサスボスは倒木に、中肢と後肢の四本で掴まっていた。カブト将軍は倒木に降り立ち、コーカサスボスと対峙した。

「止めを…刺してやる…」

カブト将軍は呼吸も切れ切れに言いながら、コーカサスボスを複眼で睨みつけた。

「調子に乗ってんじゃねえぞ、くそ野郎が！　てめえ程度の雑魚を相手にするには、両前肢を失って、ちょうどいいハンデだ！」

力を振り絞り、カブト将軍は正面から突っ込んだ。前肢がなくなったぶん、コーカサスボスの懐に飛び込むのは容易だった。巨大な三本角は脅威だが、頭角が反り返っているのでカブト将軍の腹部の下に差し込むことはできない。つまり、差し合いでは圧倒的にカブト将軍が有利だ。あっさりとカブト将軍は、コーカサスボスの腹部下に頭角を差し込んだ。相手は四本肢なので踏ん張りも利かず、体重差があっても撥ね飛ばすのは可能だ。三十センチ左斜め後ろの大きな岩に叩きつけられれば、世界一の硬度を誇る外骨格でも粉砕するに違いない。

「さらばだ！」

カブト将軍は頭角を撥ね上げた…その直前、コーカサスボスが飛び退いた。カブト将軍の頭角が空を切った。上体が浮いたカブト将軍の身体を、コーカサスボスが三本の角で挟み込んだ。

後悔先に立たず——コーカサスボスが後肢で立ち上がった。コーカサスボスが頭角をグイグイと突き上げるたびに、カブト将軍の頭胸腹部が軋んだ。

油断していた。コーカサスボスの必殺技は、四本肢で繰り出せるということを忘れていた。

☆

「蜂の巣の森」——樹洞に敷き詰めた葉の上で、オオスズメ藩主は横たわっていた。コーカサスボスの前肢で引き裂かれた傷口には、オニヤンマ藩主が咀嚼してすり潰した薬草を塗ってくれていた。体液は止まり、傷口は乾燥してきた。

「あの…こちらにオオスズメ藩主はいらっしゃいますっちか？」

樹洞の外から、怖々と訊ねる声がした。

「誰ですか？」

「おいらですっち。ハブムカデ族長亡きあと、毒蟲族の新族長になったゲジゲジですっち」

「君が毒蟲族の族長？」

オオスズメ藩主は、意外そうな顔をゲジゲジに向けた。

「ほ、本当ですっち！　おいらは時期尚早と固辞したっちですけど、みんなが、我の強い毒蟲達をまとめられるのはおまいしかいないって…」

「誰も嘘とは言ってません。それより、私になにか用ですか？」

「戦列に復帰できないですっちか？」

ゲジゲジの質問に、オオスズメ藩主の胸部に嫌な予感が広がった。

「カブト将軍に、なにかあったんですか⁉」

「コーカサスボスの両前肢を奪って有利に戦いを進めていたんですっちけど、三本角に挟まれて窮地に陥っているんですっち！　本当はおいらが救出に行こうとしたんですっちけど、毒蟲に救われたとなるとカブト将軍の誇りが傷つき幕虫達にたいして威厳が…」

オオスズメ藩主は樹洞から飛び立った。

「あっ…まだ話の途中ですっち！」

ゲジゲジの声を置き去りに、オオスズメ藩主は戦地へと急いだ。コーカサスボスの頭角と胸角で強力に締めつけられたら、カブト将軍の外骨格は長くは持ち堪えられない。

「頼む…耐えてください！」

オオスズメ藩主は祈るような気持ちで飛翔速度を上げた。

☆

「どうだ⁉　苦しいか⁉　痛いか⁉　泣け！　叫べ！　寿命乞いしろや！」

コーカサスボスが嘲笑（あざわら）いながら、三本の角でカブト将軍を締め上げた。カブト将軍の前翅が歪み、胸部の傷口から体液が溢れ出た。

カブト将軍は六肢をバタつかせ頭胸腹部を捩ったが、コーカサスボスの三本角から逃れられなかった。このままでは、粉砕死か失体液死してしまう…。

「こんなところで…寿命を落とすわけには…いかない！」

「カナブン如きが俺様の両前肢を奪ったことは褒めてやろう。だが、奇跡はここまでだ！」

激痛が薄れてきた…全身が麻痺して感覚がなくなってきた。痛みも感じないということは、死が近づいてきているということか？　複眼界が、ぼやけてきた。このまま、殺られてしまうのか…。薄暗くなった複眼界に、黒い影が猛スピードで急下降してきた。黒い影がどんどん近づき、姿が見えてきた。黒とオレンジの縞模様…オオスズメ藩主⁉　いや、オオスズメ藩主は療養しているはずだ。ついに、幻覚を見るまでになったか…。

カブト将軍！　もう少しの辛抱です！　今度は、幻聴まで聞こえ始めた。

「日ノ本昆虫の底力を、思い知らせてあげますよ！」

幻覚ではなかった。オオスズメ藩主が腹部を前に突き出しながら、加速してきた。

「なんだ⁉　死に損ないのビビりバチが、止めを刺されに…」

爪で迎え撃とうとしたコーカサスボスは、前肢がないことに気づいた。角はカブト将軍を挟み込んでいるので攻撃に使えない。急速にオオスズメ藩主がコーカサスボスに接近してきた。

「消え失せろ！」

かつて聞いたことのないような荒々しい怒声を浴びせかけながら、オオスズメ藩主の毒針がコーカサスボスの右の複眼に突き刺さった。

「うおあーっ！」

コーカサスボスが悲鳴を上げた。あまりの激痛に、頭角の締めつけの力が弱まった。

「いまです！　逃げてください！」

「俺は…このまま…こいつの頭角と胸角の攻撃を阻止する…」

カブト将軍はコーカサスボスの頭角にしがみつきながら、呼吸も切れ切れに言った。

「だめです！　カブト将軍が死んでしまいます！」

「いいから…いまのうちに…止めを…刺すんだ！」

己の寿命と引き換えにカブト将軍は、コーカサスボスを仕留めることを託した。

「放せ！　放しやがれーっ！」

コーカサスボスは頭部を振り回し、カブト将軍を振り落とそうとしていた。だが、カブト将軍は最後の力を振り絞り六肢で頭角にしがみついていた。これ以上、カブト将軍の気持ちを無駄にできない。オオスズメ藩主はコーカサスボスの左の複眼を狙って急下降した。カブト将軍がしがみついているので、コーカサスボスの動きは緩慢としていた。

「くそカナブンが！　いい加減に…おあっ！」

オオスズメ藩主は毒針をコーカサスボスの左の複眼に突き刺すと、カブト将軍に体当たりした。三本角から解放されたカブト将軍が、地面に転がった。

「おぁっ…見えねえっ、見えねえ！」

オオスズメ藩主はのたうち回るコーカサスボスのちぎれた右前肢のつけ根に、毒針を打ち込んだ。毒液を注入したオオスズメ藩主は、今度は左前肢のあった穴に毒針を突き刺した。

コーカサスボスは四肢で激しく宙を掻いていたが、毒が回り次第に動きが弱まってきた。オオスズメ藩主は浮遊飛びし、コーカサスボスに止めの毒霧を噴霧した。コーカサスボスの中肢と後肢は、真っすぐに伸びたまま硬直して動かなくなった。

手強かった…。

かつて、これほど強い昆虫はいなかった。カブト将軍が両前肢を奪っていなければ、オオスズメ藩主はコーカサスボスを倒せなかっただろう。

「さあ、いったん、離れましょう」

オオスズメ藩主はカブト将軍を促した。

「いや…ボスを仕留めたいまが勝機だ」

「でも、そんな身体では無理ですよっ。胸部に大きな穴が開いているじゃないですか!?」

「親である俺が退けばみなの士気が低下する。親は自分の寿命と引き換えても、家族を守るものだ。お前だって、傷を負いながらコーカサスボスを仕留めてくれた」

「それは、将軍が深手を負わせてくれていたおかげです。カブト隊とオオスズメ隊とオニヤンマ隊で力を合わせてコーカサス隊を殲滅しますから、将軍は休んでいてください」

オオスズメ藩主は、切実な複眼で訴えた。

突然、カブト将軍が頭角を下げた。

「頼む。俺を卑怯虫にしないでくれ。最後まで将軍として、我が子達を守らせてくれ」

「そんなこと、やめてください。わかりましたから、頭部を上げてください。では、私も子供として将軍を支えます」

オオスズメ藩主は、力強い口調で言った。やはり、カブト将軍は雄の中の雄だ。カブト将軍になら寿命を預けてもいい、とオオスズメ藩主は改めて思った。

「恩に着るぞ」

カブト将軍はオオスズメ藩主に礼を言い、コーカサスボスの湾曲した胸角に頭角を引っかけ飛翔した。

ここが天王山…天下分け目の大決戦だ。オオスズメ藩主は己に言い聞かせ、コーカサスボスの死骸をぶら下げ飛翔するカブト将軍のあとを追った。

「南蛮虫ども！　これを見よ！」

カブト将軍は、頭角にぶらさげたコーカサスボスの死骸をコーカサス隊に晒(さら)した。

「ボスがやられた…」

「そんなわけねえ！　無敵のボスが…」

コーカサス隊が動きを止め、どよめいた。隊虫達は、激しく動揺していた。

「大将の次に偉いのは誰だ⁉」

カブト将軍は大声で訊ねた。

「俺だ！」

コーカサスボスより小さいが、それでもカブト将軍の倍以上大きなコーカサスサブボスが前に出てきた。

「副大将よ、俺は無駄な殺生(せっしょう)はしたくない。おとなしく日ノ本から出て行くというのなら、お前らを攻撃しない。退くか？　それとも戦いを続けるか？」

カブト将軍は一メートルの距離で浮遊飛びするコーカサスサブボスに、二虫択一を迫った。

「ふざけんじゃねえぞ！　ボスが殺られたっていうのに、逃げるわけねえだろうが！」

オオスズメ藩主の危惧は当たった。ほかの昆虫の隊なら、大将の寿命を取られたら士気が下がり退散したことだろう。だが、世界一気性が激しく凶暴なコーカサスオオカブトが敵に背を向けることなどありえない。退散どころか、最後の一匹になるまで徹底抗戦するだろう。ボスがいなくなったとはいえ、隊虫達の体力も戦闘力も図抜けていた。満身創痍のカブト隊、オオスズメ隊では殲滅は至難の業だ。勝っても負けても、かなりの犠牲虫が出てしまう。

「いいか！　てめえら！　ボスの弔い合戦だ！　日ノ本昆虫どもを殺しまくれやーっ！」

「ならば、仕方がない。死力を尽くして、戦うまでだ！」

カブト将軍は言うと、頭角を撥ね上げてコーカサスボスの死骸を振り落とした。

「ぶっ殺してやる！　かかれ…」

コーカサスサブボスの号令が、重厚な翅音に呑み込まれた。十メートル先から、千匹の大群が迫ってきた。

「ん？　あれは…ヘラクレスオオカブト隊じゃねえか！」

振り返ったコーカサスサブボスが、驚愕の声を張り上げた。

「ヘラクレスオオカブト隊だと⁉」

カブト将軍は複眼を凝らした。大群を率いる先頭のヘラクレスキングを見て、カブト将軍は酸素を呑んだ。全長百八十ミリの黄褐色の巨体、身体の半分を占める太く長い漆黒の頭角…。

「本当に、昆虫なのか…」

カブト将軍は思わず呟いた。複眼の当たりにした巨体と迫力は、爬虫類や鳥類のようだった。

「ヘラクレスオオカブトは、世界最大ですからね。それにしても、厄介なことになりました。コーカサス隊だけでも大変なのに、ヘラクレス隊が加わると私達に勝ち目はありません」

カブト将軍の隣で浮遊飛びするオオスズメ藩主が、深刻な表情で言った。

「てめえらは戦闘力だけじゃなく、運もねえな！　まあ、ヘラクレス隊の援護がなくてもてめえらを皆殺しにするのは簡単だがな！」

コーカサスサブボスが、高笑いした。

「よくきてくれたな！　ヘラクレスキング！　いま、日ノ本の雑魚虫をちゃっちゃと片付けるから、そこで高みの見物でもしててくれ！」

コーカサスサブボスが、複眼の前にきたヘラクレスキングに余裕綽々の表情で言った。百四十ミリの巨体を誇るコーカサスサブボスも、ヘラクレスキングと向き合うと小さく見えた。

「貴様は、なにを言っている？」

「あ？　だから、日ノ本の雑魚虫をちゃっちゃと片付け……」

複眼にも留まらぬ速さで、ヘラクレスキングが頭角でコーカサスサブボスを串刺しにした。

「なに⁉」

カブト将軍とオオスズメ藩主は、揃って驚きの声を漏らした。

「貴様ら！　カブト王の私に断りもなく、なにを勝手なことをやっているんだ！」

ヘラクレスキングがコーカサスサブボスを串刺しにしたまま、鬼の形相でコーカサス隊を見渡した。ヘラクレスキングが十センチ近くある頭角を振り回すたびに、コーカサス隊虫の巨大な身体が砕け散った。ヘラクレス隊虫もあとに続くように、コーカサス隊虫を次々と串刺しにしていた。あっという間に、五百匹以上いたコーカサス隊虫が三百匹ほどになった。

「コーカサス隊が戦っているいま、襲撃をかけたほうがいいんじゃないですか？」

カブト新護衛隊長がカブト将軍に進言してきた。

「奇襲など卑怯なまねはしたくない。正々堂々と迎え撃つまでだ」

カブト将軍はにべもなく言った。物凄い翅音が聞こえてきた。

「将軍！　あれを見てください！」

「あれは…」

各昆虫藩の藩虫達だった。

「あたい達カマキリ藩は、南蛮カブトと戦うわ！」

「僕達カナブン藩もカブト将軍とともに戦う！」

カブト将軍の複眼腺が震えた。

「お前達…なんて馬鹿虫なんだ…」

「将軍、日ノ本昆虫界のために集まった、みなの気持ちを汲んであげてください！」

オオスズメ藩主が、強い光を宿した複眼でカブト将軍をみつめた。

「わかった。お前らの日ノ本昆虫魂を、しかと受け止めた！　みなで、戦おうじゃないか！」

「感動的な光景だな」

不意に、背後から声が聞こえた。ヘラクレスキングだった。いままでの南蛮虫のような嘲った口調ではなく、カブト将軍は不快な気持ちにはならなかった。

ヘラクレスキングの背後に、千匹を超えるヘラクレス隊虫が戦闘態勢を取っていた。複眼の下──地面には、大量のコーカサス隊虫の死骸が山積していた。

「日ノ本を侵略したいなら、我々の死骸を踏み越えてゆけ！」

カブト将軍は、ヘラクレスキングの複眼を見据え野太い声を浴びせた。

「できるなら、お前達の寿命を奪いたくはない。俺らはコーカサスのような殺虫鬼じゃない」

「ならば、立ち去るがいい。我々も、無闇に殺生をしたくないのは同じだ」

「悪いがそれはできない。故郷が山火事で森林の大部分が焼失した。仕方なく、餌と新たな領地を求めて遠くからきた。戦いは好まないが、仲間を餓死させるわけにはいかない」

「お前らの事情で他国の領地を侵略するなど、ほかの南蛮虫と同じ殺虫集団に変わりない！　戦いを好まないというのなら、直ちに去るんだ！」

「それはできない。そこで提案がある。いままで通り、日ノ本はお前達が支配すればいい。その代わり、領地の三分の一を俺ら南アメリカ昆虫のために譲ってくれ。お前らもこれ以上、無駄な体液を流したくはないだろう？」

　ヘラクレスキングがカブト将軍を見据えた。

「笑止千万！　物腰は柔らかくても、領地を寄越(よこ)せという恫喝(どうかつ)を呑むわけにはいかん！」

「お前達の考えはどうなんだ？　俺の要求を呑んでくれたら、平和に共存すると誓う」

　ヘラクレスキングは、カブト将軍の背後の藩主達に複眼を移して訊ねた。

「なにが平和に共存よ！　そんな勝手な要求を、呑めるわけないでしょう！」

　オオカマ藩主が叫んだ。

「僕も同じだ！　日ノ本の領地は、日ノ本昆虫のものだ！」

　オニヤンマ藩主が叫んだ。

「あなた達に譲る領地は、一センチもありません。ですが、私の出す条件を呑めば三分の一の領地を差し上げます。条件は、私との差しの勝負で勝つことです」

　オオスズメ藩主は、ヘラクレスキングの複眼を見据えた。

「俺が万全でも勝てず、お前なら勝てるというのか？」

　カブト将軍が、厳しい表情で訊ねてきた。

「戦闘力ではなく、相性の問題です。ヘラクレスキングを倒すには毒しかありません。それに、カブト将軍くらいの大きさならばヘラクレスキングも頭角を当てることが容易にできますが、私くらいに的が小さく素速く飛べる相手に当てることは容易ではありません」

「だが、毒があっても針が刺さらなければ敵を倒せないだろう？」

「はい。針が通るのは唇舌、気門、肛門の三カ所しかありません。気門は前翅の下に隠れているので、狙えるのは唇舌と肛門の二カ所だけです。ですが二カ所とも小さいので、頭角攻撃を躱しながら針を打ち込むのは至難の業です。先に頭角が当たれば、私は一撃でバラバラになるでしょう。でも、取られる領地は三分の一で、カブト幕府はこれまで通り続けることができます。仮に私が勝つことがあれば、ヘラクレス隊は日ノ本から撤退します。これが日ノ本昆虫界にとって一番被害の少ない戦略ですっ。将軍、お願いします！　私にお任せください！」

　オオスズメ藩主は、カブト将軍の複眼を直視して志願した。

「奴に勝てる自信はあるのか？」

「正直、勝率は二割もないでしょう。ですが、カブト幕府の存続と日ノ本を侵略しないことは約束していますから」

　ヘラクレスキングが約束を反故(ほご)にする可能性は皆無ではない。だが、カブト将軍に言ったように、この状況下においてはオオスズメ藩主がヘラクレスキングと差しで戦うのが最善策だ。

「皆の虫！　よく聞け！　俺は南蛮カブトの大将との差しの勝負を、オオスズメ藩主に託した！　異論がある虫はいるか!?」

　カブト将軍が、藩虫達に向かって叫んだ。

「将軍の決めたことなら、従いますわ！」

「僕も従います！」

藩主が次々と、カブト将軍に従った。カブト将軍がヘラクレスキングの前に移動した。

「オオスズメ藩主が日ノ本昆虫界を代表して、お前と差しで戦う。オオスズメ藩主が勝てば日ノ本から完全撤退、お前が勝てば日ノ本の領地の三分の一をくれてやる。約束を守れるか？」

カブト将軍は、厳しい表情でヘラクレスキングに訊ねた。

「俺の目的は侵略でも支配でもなく、故郷の同胞を飢えから救うことだ」

「皆の虫！　絶対に肢を出すな！」

カブト将軍は高く飛び、藩虫達に命じた。

「万が一俺が劣勢になっても、お前達も肢を出すな！」

ヘラクレスキングがヘラクレス隊に命じた。

「お膳立ては、できたようですね」

オオスズメ藩主は、ヘラクレスキングの三メートル前で浮遊飛びしながら言った。

「ああ、そのようだな。覚悟はいいか？」

「もちろんです！」

言い終わらないうちに、オオスズメ藩主は上空に飛翔した――急下降し、背後に回った。毒針を出した腹部を前に突き出し、ヘラクレスキングの肛門を狙った。

オオスズメ藩主は、ヘラクレスキングとの距離を詰めた。二十センチを切ったところで、巨体に似合わぬスピードでヘラクレスキングが振り返った。長く巨大な頭角が、風を切りながらオオスズメ藩主を襲った。上に飛び、間一髪、頭角を躱した。間を置かず、ヘラクレスキングが頭角を薙いだ。今度は沈み、頭角を躱した。

右回転、左回転、右回転、右回転、左回転…呼吸する間もないヘラクレスキングの頭角の波状攻撃に、オオスズメ藩主は躱すのが精一杯だった。誤算――想像以上の速さと機動力に、オオスズメ藩主は早くも死を覚悟した。このまま逃げ続けていれば、やがて持久力が尽きてしまう。オオスズメ藩主は急上昇し、ヘラクレスキングの肛門を目掛けて急下降した。二メートル、一メートル、五十センチ、三十センチ…。

ヘラクレスキングが後肢で、オオスズメ藩主の顔面を蹴りつけた。オオスズメ藩主は、物凄い勢いで吹き飛ばされた。オオスズメ藩主の複眼界の景色が縦に流れた。地面に衝突したら寿命を失ってしまう。寸前で、オオスズメ藩主は翅を動かした。落下速度が落ち、オオスズメ藩主は体勢を入れ替え倒木に着地した。

ヘラクレスキングは、後肢の攻撃力も相当な破壊力だった。六肢にまで殺傷能力があるのなら、つけ入る隙がなかった。やはり、オオスズメ藩主が差しの勝負に名乗り出て正解だった。俊敏に動き回れない上に手負いのカブト将軍なら、既に寿命を奪われていただろう。

呼吸を吐く間もなく、ヘラクレスキングがオオスズメ藩主を目掛けて下降した。オオスズメ藩主は倒木の上で、ヘラクレスキングを待った。

ヘラクレスキングとの距離が五十センチを切った。まだ早い——オオスズメ藩主は辛抱した。ギリギリまで引きつけなければ、動体複眼力のいいヘラクレスキングに反撃を許してしまう。

距離が十センチを切ったときに、オオスズメ藩主は向きを変え腹部を上げた——ヘラクレスキングに毒針を向け、毒液を噴霧した。複眼に毒霧を浴びたヘラクレスキングが、倒木に転倒し仰向けになった。六肢をバタつかせるヘラクレスキング…千載一遇の好機だ。オオスズメ藩主は速肢(はやあし)でヘラクレスキングの腹部に回り込んだ。

あっさりと、オオスズメ藩主はヘラクレスキングの後部を取った。五センチほど浮遊し、腹部を前に曲げた。毒針を出し、無防備な肛門目掛けて前に飛んだ。

突然、複眼の前に壁が現れた。いや、壁だと思ったのは起き上がったヘラクレスキングの身体だった。フェイント――気づいたときには、ヘラクレスキングの前肢と中肢の四本に捕まり身動きが取れなかった。

全身に広がる激痛――頭胸腹部にヘラクレスキングの四肢の爪が食い込んでいるので、大顎で咬むことも毒針を打ち込むこともできなかった。

戦況を見守っていたカブト将軍と各藩虫達は、オオスズメ藩主のあとを追い地上に下りた。

「将軍！　このままではオオスズメ藩主がやられてしまいますわ！」

「僕も同意見です！　オオスズメ藩主の救出に行かせてください！」

「お前ら、オオスズメ藩主の寿命を懸けた戦いを無にする気か？」

カブト将軍は、藩虫達を厳しい顔で見渡した。

「オオスズメ藩主は、自らの寿命と引き換えに日ノ本が侵略されるのを防ごうとしている。ここで肢を出せばカブト幕府が約定を破ったという事実ができ、侵略の大義名分を与えてしまう。オオスズメ藩主のことを思うなら、どういう結果になろうと最後まで見守ることだ」

カブト将軍の言葉に、もう誰も進言しようとはしなかった。

ヘラクレスキングの前肢と中肢の爪が頭胸腹部に食い込み、オオスズメ藩主はまったく反撃ができなかった。肢掻け(あが)ば肢掻くほどに、ヘラクレスキングの爪が深く身体に食い込んだ。

カブト将軍は、必死に感情を抑えた。藩主達に言われなくても、本当は助けたかった。日ノ本昆虫の将軍として、オオスズメ藩主が寿命を奪われるのを黙って見ていることしかできない自分を呪った。

桎梏(しっこく)の状況でも、オオスズメ藩主は戦いを捨てていなかった。腹部を動かせない状態で、毒針を出しヘラクレスキングを懸命に刺そうとしていた。オオスズメ藩主の意識は、出体液多量で朦朧(もうろう)としているに違いない。カブト将軍は、右前肢を地面に叩きつけた。

「フィニッシュ！」

ヘラクレスキングが、オオスズメ藩主を高々と放り投げ、即座に後肢で立ち上がった。五十センチ上空から落下してくるオオスズメ藩主を頭角で串刺しにしようというのだ。

二十センチ、十センチ…。カブト将軍の複眼界の景色が流れた。

「将軍！」

藩主達の驚きの声が聞こえた。気づいたときには、カブト将軍は飛翔していた。カブト将軍は、オオスズメ藩主を前肢で抱き留め、落ち葉の上に着地した。

「将軍…ど…どうして？　や…約定を…破るわけには…」

「俺には、お前を見殺しにすることはできない」

カブト将軍は、オオスズメ藩主の複眼をみつめて言った。オオスズメ藩主の全身は爪に抉られ、体液が溢れ出していた。だが、複眼力は鋭かった。

カブト将軍は、オオスズメ藩主の寿命が多くは残されていないことを悟った。

「約定を破っては…日ノ本が…侵略…されて…しまいます…戦場に…戻して…ください」

「構わない。たとえ約定を破ることになっても、お前を見殺しにはできない。その結果ヘラクレス隊に侵略されるなら、俺が身体を張って日ノ本昆虫界を守ってみせる」

「申し訳…ありません…私の力が及ばずに…日ノ本を危険な目に…」

オオスズメ藩主が喘ぐような声で言った。引き裂かれた頭胸腹部からは夥(おびただ)しい量の体液が溢れ出し、六肢が小刻みに痙攣(けいれん)していた。寿命の灯が消えてゆくオオスズメ藩主の姿に、カブト将軍の胸部は張り裂けそうだった。

「なにを言っている。お前がいなかったら、日ノ本昆虫界はとっくに南蛮虫に支配されている。謝らなければならないのは、俺のほうだ。頼りない将軍のせいで、お前をこんな目に…」

「謝らないで…くだ…さい。将軍は…私達…日ノ本昆虫にとって…尊敬できる…素晴らしい…昆虫です…私は…あなたのもとで戦うことができて…」

オオスズメ藩主が大顎から、褐色の体液を吐き出した。

「もう、なにも喋るな」

「本当に…幸せ…でし…」

オオスズメ藩主の頭部が、だらりと垂れた。

「おい？　オオスズメ藩主…おい！」

カブト将軍はオオスズメ藩主の身体を揺さぶった。オオスズメ藩主は、安らかな顔で事切れていた。まるで、眠っているように…。

「彼が勇敢に戦い散った『蜂の巣の森』の大地に、手厚く葬ってやってくれ」

カブト将軍は、体液に咽（むせ）ぶオオスズメ隊長にオオスズメ藩主の亡骸を渡した。

「将軍っ、藩主の仇（かたき）を討たせて…」

「お前達は、オオスズメ藩主のそばについていてあげていてくれ。仇は俺が討つ」

カブト将軍は、オオスズメ隊長を遮り言った。

カブト将軍が約定を破った以上、ヘラクレスキングが約定を破っても文句は言えない。それに、最初からこうするべきだった――オオスズメ藩主に、寿命を懸けさせるべきではなかった。

「言い訳はしない。今度は俺と戦ってくれ」

カブト将軍は、ヘラクレスキングに歩み寄りながら言った。

「なぜ、お前と戦う必要がある？」

「約定を俺は破った。だから、お前が前言を撤回して日ノ本を侵略すると言っても文句を言う気はない。ただし、日ノ本昆虫界の将軍として、見過ごすわけにもいかない」

「勝敗は決した。お前は邪魔をしたんじゃなく、敗北した仲間を介抱しただけだ」

ヘラクレスキングが、淡々とした口調で言った。

「どういう意味だ？　俺はオオスズメ藩主とお前の差しの勝負を……」

「単純にどっちが強いか決めるなら受けてもいい。だが、領地を賭けた戦いの勝負は済んだ」

「そうか。そっちがそれでいいなら、こっちも約定を果たそう。三分の一の領地を……」

「日ノ本の領地の件だが、貰うわけにはいかない」

ヘラクレスキングが、カブト将軍を遮り言った。

「なぜだ？」

「引き分けだから、領地はいらない。身体の勝負では、たしかに俺の勝ちだ。だが、心の勝負ではオオスズメボスに負けたよ。だから、引き分けだ」

ヘラクレスキングが、オオスズメ藩主の亡骸に複眼をやりながら言った。

「本当に、それでいいのか？」

「敵ながら、オオスズメボスの雄気に惚れた。オスに二言はない。皆の虫、行くぞ！」

ヘラクレスキングは爽やかな表情で言うと、千匹の隊虫に号令をかけて飛び立った。

終章　クヌギの森の城

あたり一面に広がる腐葉土に、三センチほどの小山が数十個、その背後に、十センチほどの大山が数百個あった。小山には藩主達の、大山には藩虫達の亡骸が埋められていた。

「墓場の森」には、カブト将軍を始めとする各藩主が墓参りに集まっていた。戦死して空席になっている藩主以外は勢揃いし、墓に向かって複眼を閉じ前肢を合わせていた。

「皆の虫、聞いてくれ」

カブト将軍は、戦死した虫達に前肢を合わせた後で、藩主達のほうを振り返った。

「いま、俺達がこうして生きていられるのは、勇敢に戦って寿命を失った彼らのおかげだ。これからは、種族に関係なく争い事のない世を作りたい。彼らに貰った寿命を、もう二度と体液で汚してはならない。皆の虫も、協力してくれるな？」

「もちろんですわ！」

「泰平の世を続けることを誓います！」

「クワガタ藩も、二度と謀反しないことを約定します！」

オオカマキリ藩主、オニヤンマ藩主、ツシマヒラタクワガタ藩主が力強く答えると、ほかの藩主達もあとに続いた。

「ありがとう！　これからは、俺も日ノ本昆虫界の将軍として…」

カブト将軍の複眼界が回った。

「将軍！　大丈夫ですか⁉」

藩主達の声が、カブト将軍の鼓膜から遠のいた。

「将軍！　将軍！　起きてください！」

カブト将軍は仰向けに倒れていることに気づき、起き上がろうとしたが力が入らなかった。

「皆の虫…どうやら…寿命が尽きるときが…きたようだ…。俺も成虫になって…七十日が過ぎた…。長く生き過ぎた…くらいだ。俺の役目は…終わった…。次の世代が…成虫になるまで…世代交代が済むまで…皆で力を…合わせて…日ノ本昆虫界を守ってくれ…」

カブト将軍は、気力を振り絞り言った。

「将軍！　あたし達は将軍がいなくなったら、やってゆけません…」

カラスアゲハ藩主が、泣きながら言った。

「ツシマヒラタ藩主は…いるか？」

「ここにいます」

「ツシマヒラタ藩主…お前は…羽化してどのくらいになる？」

「十三カ月です」

「ならば…寿命の長い…ヒラタクワガタ属だから…後二十四カ月は生きることができるな…。お前に…頼みがある」

カブト将軍は、震える右前肢を宙に伸ばした。

「いまの幼虫達が成虫になったら…資質を見抜き…将軍候補を選んでくれ」

「クワガタ藩の俺でいいんですか？」

「カブト副隊長は…俺と同じ…短い寿命だ。次の世代が羽化するまで…寿命がもたない。南蛮虫との戦いを知っているお前が…選ばなければならない。ぐふぅあ…」

カブト将軍の唇舌から、体液が飛散した。

「わかりました。では、来年羽化するカブトムシの新成虫の中から…」

「将軍は…オオスズメバチの…新成虫から…選んでくれ」

「えっ！　オオスズメバチから将軍を選ぶんですか⁉」

ツシマヒラタ藩主が、驚愕の声を張り上げた。予想外の命に、ほかの藩主達もどよめいた。

「それはいけませんわ！　日ノ本昆虫界の将軍は、カブト属から選ばれるべきですわ！」

オオカマ藩主が、体液相を変えて進言した。

「僕も同感です！　オオスズメ幕府など、ありえません！」

オニヤンマ藩主が、オオカマ藩主に同調した。

「副隊長…皆の虫に…説明してやってくれ…」

カブト将軍は、カブト副隊長に命じた。カブト副隊長には、自身の身になにかがあったときのために備え、将来の幕府の在り方を話してあった。

「皆の虫さん、カブト将軍のお考えは、新しい幕府は皆で力を合わせる幕府であり、将軍が一番偉い立場ではないということです。ただし、今回の南蛮虫との戦いを通じて、カブト将軍は、速く飛翔できることと、毒があることが将軍になる虫には必要だと痛感しました。もちろんそれだけではなく、知力と体力も兼ね備えていなければなりません。それらの条件が揃っているのは、日ノ本昆虫界ではオオスズメ属だけです」

「俺のことを…信じてほしい」

カブト将軍は、最後の力を振り絞り起き上がった。

「オオスズメ藩主には…俺には及ばない…冷静な思考と戦術があった。これからの昆虫界は…どの種族が強いとか…どの種族が支配するとか…そんな時代ではないし…そんな時代にしてはならない。新しい…日ノ本昆虫界…にするために…オオスズメ属から将軍を…」

不意に、複眼界が暗くなった。

将軍！　死なないでください！　将軍！　戻ってきてください！　藩主達の声が聞こえた。

悪いな。でも、お前達は俺がいなくても大丈夫だ。みんな、日ノ本昆虫界を頼んだぞ。

意識が遠のいてゆく…。闇に黄金色の光が射した。カブト将軍は、黄金の光へ飛翔した。

「将軍様ぁーっ！」

カブト副隊長の叫び声が天に吸い込まれた。

☆

「え⁉　私が将軍に…」

二年後の「クヌギの森の城」。

下座の切り株に乗ったオオスズメ藩主が絶句した。

上座の切り株に乗ったツシマヒラタ将軍代理が頷（うなず）いた。ツシマヒラタ将軍代理の背後の切り株には、カブト藩主、ノコギリクワガタ副藩主、オオカマ藩主、オニヤンマ藩主がいた。それぞれの藩主の背後には、千匹単位の藩虫がいた。

「新将軍は、カブト藩主ではないのですか⁉」

オオスズメ藩主が、驚いた顔で訊ねてきた。ほかの藩主には先代カブト将軍の遺言を伝えていたが、オオスズメ藩主には今日が初めてだった。

「ああ。先代将軍にそう言われたときは、俺も同じことを訊き返した。先代将軍が言うには、これからの日ノ本昆虫界には、先代オオスズメ藩主のような知力、飛翔力、毒を持つ昆虫が必要だと。種を超えて協力し合い、日ノ本昆虫界を守ってゆくべきだと。そういうことだから、ここは意気に感じて受けてくれ」

ツシマヒラタ将軍代理が、オオスズメ藩主に頭部を下げた。

「将軍代理！　頭部を上げてください！」

「去年の新成虫には、将軍の器がいなかった。一年、余分に時が流れた。寿命が長いといっても、俺はもう今年の冬を越せそうにもない。そんなとき、お前が生まれた。知力、飛翔力、戦闘力…お前は、先代オオスズメ藩主に引けを取っていない。お前が日ノ本昆虫界の新将軍となることを引き受けてくれるまで、頭部を上げることはできない」

ツシマヒラタ将軍代理が、頭部を下げたまま言った。

「わかりました。そこまで言ってくださるなら、将軍という大役を受けさせていただきます」

オオスズメ藩主が言うと、ツシマヒラタ将軍代理は頭部を上げた。

「ありがとう！　ここへ乗ってくれ」

ツシマヒラタ将軍代理に促され、オオスズメ藩主は上座の切り株に乗った。入れ替わるように、ツシマヒラタ将軍代理が下座の切り株に移った。

「今日から私達日ノ本昆虫藩は、オオスズメ将軍に忠誠を誓います！」

ツシマヒラタ将軍代理が平伏し、オオスズメ将軍に誓約した。

「頭部を上げてください！　それに、そんな言葉遣いもやめてください！」

「いまこの瞬間から、あなたが日ノ本昆虫界の将軍です！　将軍は日ノ本昆虫界が天下泰平であり続けるために、藩主達をまとめることだけを考えてください！」

ツシマヒラタ将軍代理が、強い口調でオオスズメ将軍に諫言した。

「おいおい、勝手なことばかり言いやがって！　俺はハチ野郎が将軍なんて認めねえぞ！」

それまで静観していたノコギリ副藩主が、ツシマヒラタ将軍代理に詰め寄った。

「お前が唇舌を出す問題じゃない。これは先代将軍が決めたことだ」

「そんな死んだ将軍の決め事なんか知るか！　生きてる俺らの将軍を誰にするのかは、生きてる俺らが決めなきゃなんねえだろうが！」

「待たんか！　私を抜きに、なにをやってるんだ⁉」

野太い声…カブト藩主が、鬼の形相でツシマヒラタ将軍代理とノコギリ副藩主の間に割って入ってきた。

「まさか、お前も異論があるのか⁉」

ツシマヒラタ将軍代理が、体液色ばんだ。

「あたりまえだ！　日ノ本昆虫界の将軍は、代々カブト属が襲名することになっている！」

「そのカブト属の先代将軍が、次期将軍はオオスズメ属の中から選べと命じたんだ。前にも話して、お前ら納得しただろう⁉　それをいまさら、なにを言い出すんだ⁉」

「たしかに、話は聞いた！　だが、納得したとは言ってない！　そもそも私は、そんな話を信じていない。全面戦争になっても、私は将軍の座をカブト属以外に渡すつもりはない！」

「ごちゃごちゃうるせえんだよ！　ぶっ殺してやるぜ！」

事の成り行きを見守っていたノコギリ副藩主が、カブト藩主に襲いかかった。カブト藩主も、頭角を振り上げながら突進した。

「どうしましょう…仲間割れが始まったわ」

オオカマ藩主が、体液の気を失った顔で言った。

「これじゃ、先代将軍が哀しんでしまう」

オニヤンマ藩主が、沈んだ顔で言った。

カブト藩主の頭角をノコギリ副藩主の大顎が挟み、二匹がガッチリと組み合った。カブト藩主が頭角を撥(は)ね上げると、ノコギリ副藩主が高々と宙に放り投げられた。宙で翅(はね)を広げたノコギリ副藩主は急下降し、カブト藩主の胸部を挟んだ。二匹が激しく絡み合い、地面を転がった。

「止めなきゃ、このままではどちらかが死んでしまうわ！」

トノサマバッタ藩主が、肢(あし)踏みしながら叫んだ。

「無理だよ！　いまの日ノ本昆虫界で、カブト藩とクワガタ藩に勝てる藩は…」

「いるっちよ！」

クロゴキブリ藩主の言葉を、ゲジゲジが遮(さえぎ)った。

「あなた、毒蟲(どくむし)でしょ⁉　どうしてここにいるのよ⁉」

オオカマ藩主が、厳しい口調でゲジゲジを問い詰めた。

「昆虫も毒蟲も、虫に違いないっちよ！　そんなことより、おまいら、情けないっちよ！　先代カブト将軍の遺言に逆らうあいつらを、恐れて止めることもできないっちか！」

ゲジゲジが、藩主達を一喝した。

「おまいもそうっちよ！　種を超えて次期将軍の指名を遺言に残してまで、日ノ本昆虫界の泰平の世を、後世の虫達に託した先代カブト将軍の気持ちを無にするっちかよ！」

ゲジゲジが、オオスズメ将軍に矛先を向けた。

「将軍に向かって、その口の利きかたは…」

「いいんだ。どうぞ、続けてください」

ゲジゲジに食ってかかろうとしたオオスズメ副藩主を、オオスズメ将軍が遮った。

「先代カブト将軍がなぜ、種族以外のおまいを将軍の後継虫にしたと思うっちよ？　おまいのご先祖様が、二年前に南蛮虫の襲来から日ノ本昆虫界を守った英雄虫だからっちよ！　それなのに、このザマはなんだっち！　ご先祖様が泣いてるっちよ！」

ゲジゲジが、体液塗れで戦うカブト藩主とノコギリ副藩主を肢指した。二匹の背後では、それぞれの藩虫達が熱り立ち、一触即発の状態になっていた。

「おかげで、複眼が覚めました。これからも相談虫になってくれますか？」

オオスズメ将軍が、伺いを立ててきた。

「お、おいらが、しょしょ…将軍の相談虫になるっちか⁉」

「種族違いで受けられないというのなら、諦め…」

「とと、とんでもないっち！　う、受けるっちよ！」

ゲジゲジはオオスズメ将軍の言葉を遮り、食い気味に言った。

「おいらが…日ノ本昆虫界の将軍の相談虫…つまり、黒幕虫っち…」

ゲジゲジは複眼に涙を浮かべ、三十本の肢を震わせた。

「カブト将軍、ご先祖様…私の答えを、しかと見届けてください！」

オオスズメ将軍は、二匹の墓を交互にみつめ、飛び立った。

オオスズメ将軍は急下降し、やり合うカブト藩主とノコギリ副藩主の肛門に毒針を突き刺した。二匹が離れ、仰向けになると弱々しく六肢で宙を掻いた。

「皆の虫、先代カブト将軍の指名を受けた日ノ本昆虫界の新将軍として、合戦は許しません！　毒は少量しか注入してないので、安心してください！　ただし、皆の虫が私の命に従わなければ、彼らに止めを刺し、オオスズメ隊がカブト藩とクワガタ藩を討伐します！　圧倒的兵力と戦力のオオスズメ隊と戦って勝てる自信があるなら、受けて立ちましょう！」

オオスズメ将軍は、浮遊飛びしながらカブト藩とクワガタ藩の面々を見渡し宣言した。

「私を新将軍と認め従うか、ここで寿命を奪われるか、どっちを選びますか？」

「わ、わかった…し、従う…」

カブト藩主が、弱々しい声で言った。

「あなたは、どうするんですか？」

オオスズメ将軍は、ノコギリ副藩主に物静かだが有無を言わせぬ口調で訊ねた。

「ふ、ふざけんじゃ…」

最後まで、言わせなかった——オオスズメ将軍は急下降し、ノコギリ副藩主の唇舌に毒針を刺した。ノコギリ副藩主の六肢が硬直するのを見計らい、オオスズメ将軍は上空に飛翔した。

「皆の虫！　改めて宣言します！　新将軍として、ご先祖様達が死守した日ノ本昆虫界を、寿命懸けで守ることを誓います！　共に力を合わせ、泰平の世を築きましょう！」

オオスズメ新将軍の宣誓の言葉に、ハチ藩、カブト藩、クワガタ藩、カマキリ藩、トンボ藩、バッタ藩、オサムシ藩、ハンミョウ藩、チョウ藩、アリ藩、カナブン藩、ハエ藩、ゴキブリ藩、セミ藩、タマムシ藩…各藩の藩虫達の鬨の声が、日ノ本の森に響き渡った。

「世界最強虫王決定戦」外伝
戦国虫王
2024年10月30日　初版第1刷発行

著　者　新堂冬樹

発行者　城戸卓也

発行所　株式会社 光文社
〒112-8011 東京都文京区音羽1-16-6
電話　03-3942-7750（FLASH編集部）
03-5395-8112（書籍販売部）
03-5395-8128（制作部）

組　版　萩原印刷
印刷所　萩原印刷
製本所　ナショナル製本

デザイン　泉沢光雄
編　集　永須智之

ISBN978-4-334-10448-1